JN294364

深夜妄語

上原 真

深夜妄語——目次

深夜妄語

＊本書は、『葦牙ジャーナル』（「葦牙」の会編集）の第一号（一九九五年十一月）から第三二号（二〇〇一年二月）に連載された「深夜妄語」二九編を収録したものです。

＊用字用語は、著者の表記を尊重し、明らかな誤植の訂正と最小限の表記の統一にとどめました。

深夜妄語――5

〈1995年11月〉

南太平洋のフランス植民地ムルロワ環礁で再開された、フランスの核実験にたいする太平洋諸国の抗議と怒りは、グリンピースによる直接的な行動をはじめ市民的な規模においてもかつてない規模に拡大している。この波紋は、フランス製品の不買不売運動などにも広がっていく様相を呈しているようである。

フランスが核実験再開を選択した背景には、様々な要因が指摘されている。やがて発足が見込まれているEU連合の軍事的リーダーの地歩を確保したい、とする思惑もそのひとつであろう。

シラク大統領は、今回の核実験再開を正当化する理由として、EU連合がフランスの核の傘を必要としていると強調していることに、その指摘の根拠がある。

この言い分は、「アメリカの核の傘」の名によって安保条約下の私たちが折りに触れてアメリカ政府及び日本政府によって耳にタコができるほどに聞かされてきた。核兵器有用論の言い古されたパターンである。いずれも、世界に覇権を得ようとする「大国」の指導者にとって核兵器というもののもつ魔力的な魅力は人間的な理性ではどうにも制御し難いほどのものであるのだろう。

日本政府の閣僚である武村正義氏は、フランスの核実験に抗議の意志を表明するためにタヒチ島に出向いていったが、彼は帰国後、「フランスの核実験は、クレージーとしか言いようがない」といっていた。歴代の日本政府の閣僚の発言としては、久々に事態の本質をついたものだった。魔力に魅いられて、人間的な理性を喪失したものには、クレージーという表現こそ当て嵌まるのである。彼のこの言葉は、日米安保体制を支える核の現実にも、さらには中国などの核政策のあり方にも適用し実行してもらいたいものである。

現今の地球上のクレージーの最たるものは核兵器を専有している「大国」の指導者達である。シラクのクレージーぶりに、それは優るとも劣らない。アメリカしかりであり、中国、イギリス、ロシアもまたしかりである、こういうクレージー達に、核の専有を許し、委ねているうちは人間の生存の確保と理性の復権は望むべくもない。

フランス政府が、本土から遠く隔たった南太平洋の植民地で核実験を続けることで、本国の市民の理性を眠り込ませておこうとする意図は、遠からず破綻するであろうことを信じたい。

今年は、戦後五十年という節目の年である。

広島・長崎に投下された原子爆弾の残虐・凄惨な被害と悲劇の在りようがあらためておもい起こされるが、この被害と悲劇の体験を核兵器廃絶のためのたたかいと結んで、人類の理性の再生を希むために私たちがいっそう声を挙げるためには、日本の近代史の内実をたしかに見据えるための努力もまた欠くことのできない条件である。

海野福寿『韓国併合』（岩波新書）の結びのところで著者は、「韓国・北朝鮮ばかりでなく、アジアの人びとから、罪障感をもたない日本人の無自覚・無反省を指弾され、謝罪の誠意を疑われて」いる今日、「正しい歴史認識にもとづいた意識の清算」こそ必要だと切実に訴えている。この問題は、ヒトラーの同盟国日本、アメリカの核の傘のなかの日本という見地にたつフランス人にたいしても、同じように切実な必要であろうと思う。

著者は、「韓国併合」条約が成立した当時、「日本の侵略の事実を歪曲するか隠蔽して、併合による朝鮮統治を正当化し、政府の植民地政策を支持し」た当時のマスメディアなどが、「『韓国領一万四〇〇〇方里』の取得によっていっきょに従来の一・五倍の領土になったことに浮かれる」論調をばらまくという状況の下で、「自由主義者・植民政策学者として令名高く、現在の五千円札の肖像にもなっている新渡戸稲造でさえ」右のような思潮と同調していたことを指摘して、次の言を引いている。一九一〇年九月の第一高等学校での入学式の際の校長演説の一節である。

次ぎに忘れることのできないのは朝鮮併合の事である。之は実に文字通り千載一遇である。我が国は一躍してドイツ・フランス・スペインなどよりも広大なる面積を有つこととなった。

……とにかく今や我が国はヨーロッパの諸国よりも大国となったのである。諸君は急に大きくなったのである。

他方、「いくらかなりと韓国植民地化を批判していた社会主義者もまた、併合を既成事実として是認する論調を掲げた」例として、「片山潜派の『社会新聞』(一九一〇年九月十五日付)」が朝鮮人は「独立心を欠いた、土台のない柱の如くグラグラ者」で、「未開の人民」だから、よろしく「誘導教育」していくべきだ、という前提のもとに、

為政者は固より、全日本国民は個人とし、社会団体として彼らを誘導教育し、新同胞として立派にするの必要がある。

と論じていたことを指摘している。さらに著者は、「新聞・雑誌にもまして国民に大きな影響をあたえたのは、国民教育を通じての朝鮮蔑視観と朝鮮民族抹殺・日朝一体化論の注入であ」り、「その先頭に立ったのが歴史学者であった」として、その影響が戦後まで及んだことを厳しく指弾している。

著者はアメリカによるハワイの併合と日本の朝鮮併合は、どちらも不当な併合であるが、一八九三年二月アメリカ政府が結んだ併合条約について、「あたらしく大統領になった民主党のクリーヴランドは」併合にあたってアメリカ側に重大な主権侵害があったとして、併合条約の批准を上院で否決させたということを述べている。この併合条約は、四年後、大統領が共和党のマッキンレーになってから批准されたと言う。韓国併合にあたって、反対や異論

の声が全くあがらなかった日本の場合とのこの差異は、どちらも不当なものには違いないが、この差異をもたらした両者のあいだには政治体制の違いというにとどまらない、歴史意識にもとづくたしかな判断力の有無という決定的な落差が露呈されている。

一八七五年の江華島事件を口実に朝鮮に開国を迫り、「日清」「日露」戦を経て、一九一〇年に「韓国併合」にいたる日本の朝鮮植民地化の歴史的経緯について、海野氏は限られた分量のなかで、それぞれの歴史的時系列にそって詳しく叙述している。「歴史的事実から遊離した歴史教育の押し付けが日本人の朝鮮認識を著しくゆがめた」後遺症が未だに払拭されたとは言い難い現今、一読されることをお薦めしたい。

たしかな歴史認識を回避することから生じる、罪障感というものに無自覚で無反省な意識を清算することで、地球的規模の今日的課題にアプローチする資格を得ることができることを、いっそうの自覚をこめてこの際、お互いに確認したいものである。

深夜妄語——6

〈1996年2月〉

すでに旧聞に属する話題で恐縮だが、昨年の秋に大阪で催されたアジア太平洋経済協力会議（APEC）についての新聞報道が賑わっているなかで、筆者が注意を喚起された事柄を書き留めておくことにしたい。

一九九五年十一月、『朝日新聞』に、ソウルからの清田治史記者のレポート「開発独裁の遺産・韓国前大統領逮捕」という上下二回の記事が掲載されていた。数百億円にものぼるといわれていた、盧泰愚前韓国大統領が同国の財閥などから受け取った賄賂が露見したことをうけて、こうした「権力犯罪」が生じる構造的な問題点を指摘しているものであった。

「腐敗生んだ　万能のいす」という、このレポートの標題が示しているように、彼の国の大統領は、他の国の大統領とは比較にならぬほどの「強大な権力」を持っているということである。

いわれてみて、あらためて気付くことだが、このAPECに参加している大方の大統領とか元首といわれる地位にある政治家たちは、それぞれに「強大な権力」の持主が多い。

問題の韓国はもとより、中国しかりであり、インドネシア、フィリピン、タイなどがすぐに思い浮かぶ。そうした「強大な権力」政治家と日本やアメリカの多国籍企業をかかえた資本主義国がひとつのテーブルを囲んで相談したのであるから、そこから出現する経済状況とその成り行きがいかなるものであるかは、筆者のようなずぶの素人にも、おおよそのところは分かろうというものである。「自由化」とか「市場経済」などという言葉が、このところさらに声高に叫び交わされているが、これに「強大な権力」という語彙を重ねてみると、それが誰のためのものであるかということも、おのずと明らかになってくるような心持ちがする。

ところで、さきの『朝日』のレポート記事に戻るが、韓国の一九八七年に改正された憲法では、文言のうえでは三権分立が保証されているが、実態とはおおきなギャップがあるという。「申命淳・延世大教授（比較政治）は『大統領は事実上、与党議員の選挙公認権を握っており、与党優位の議会は大統領に逆らえない。専門職意識が不十分な社会のなかで、判事も、検事もつい［上］を見てしまう。三権分立も、有名無実化しやすい』。評論家の池東旭氏は『経済、産業政策は開発独裁以来の規制一点張りだ。海外では競争力を持ち始めた企業が、国内では政治に従属したままだ』と分析する」というような話が紹介されている。日本の「公共事業」にまつわるゼネコン企業の賄賂といい、似たような構図である。

日本資本主義は、ルールのない資本主義だと言われているが、彼我ともに、権力との間にだけはそれなりのルールがあるというのも共通した構図である。こんな経済構造からは、貧富の拡大、地球環境の一層の悪化、資源浪費といった結果しか期待できないことはあらためていうまでもない。

さきの延世大教授の話のなかに、「専門職意識が不十分な社会」というのがあった。「韓国社会の隅々になお根を張る李朝以来の権力集中……」という問題と対になった様態であるが、この話を読んで筆者は、咸臨丸の艦長に任命されて、アメリカに渡った当時の勝海舟を思い浮かべたのである。

木村摂津守を長とした日米修好通商条約の批准使節団一行は、新しい洋式軍艦の調練をも目的にしていて、アメリカ海軍大尉ブルックと彼の部下十一名も幕府から同乗を依頼されていた。木村の属僚たちは、操船などということは舟方衆のすることで、士大夫のすることではないという意識から抜け出せず、ブルックはほとほと困惑し怒りあきれてしまう。一方、艦長に任用されはしたものの、勝の身分は低いものであったために、彼のキャプテンとしての命令・統率はまるで効き目がない。そこで勝は、自分のキャビンに籠ってふて寝をきめこんでしまい、ついには太平洋の真ん中で、ボートを降ろして帰国すると言い出す。いまから見ればまるで漫画であるが、そんな事件を経て、やっと咸臨丸はサンフランシスコに辿りつくのである。新しい洋式軍艦に対応した、専門職意識と新たな規範の必要が、身分意識の壁を超えられなかった時代の話である。

ＡＰＥＣとそれが目指す経済の内実には、勝のような経緯を経て、帝国主義日本に成り上がったこの国の在りようが今様にアレンジされているような趣が感得されるのである。アジアとその人民が、金力と権力のブルトーザーで埋め殺されなければいいが、という思いがしきりにする昨今ではある。

そんな思いの対極に出会うことになったのが、同人である石塚秀雄氏が共訳者として加わっている『社会的経済——近未来の社会経済システム』（Ｊ・ドゥフルニ、Ｊ・Ｌ・モンソン編著『Économie sociale』、日本経済評論社）であった。

本書で展開されている内容については、昨夏の「葦牙セミナー」での、石塚氏の報告に接した人達は一応の理解を得ているだろうが、小誌の読者のためには、あらためて紹介しておくことが必要だと思う。

「社会的経済とは、主として協同組合、共済組合、アソシエーションといった組織によりなされる経済活動であり、その原則は以下のようである」という、「一九九〇年にベルギーのワロン地域社会的経済協議会が提起した定義」（本書解題）がある。それは、

（1）利潤ではなく、組合員またはその集団へのサーヴィスを究極目的とする。

（2）管理の独立。

（3）民主的な決定手続き。

（4）利益配分においては、資本に対して人間と労働を優先する。

というものである。なお、国際協同組合同盟が定めている六原則には、前者四項目の他に、自発性と加入脱退の自由や協同組合の成員にふさわしい教育の促進などが挙げられている。筆者は、『葦牙』第十六号で、スペインのバスク地方で大きな成果を挙げているモンドラゴンの生産者協同組合を紹介した『モンドラゴンの創造と展開』（ウィリアム・ホワイト他著、石塚秀雄他訳、日本経済評論社）について管見を述べておいたが、「資本主義的市場経済

のもたらす悪弊の是正」（同前）と民衆の協同と民主主義をもとに「資本に対して人間と労働の優先」を原則とした生産活動が、近代資本主義を真っ先に打ち樹てたヨーロッパで、はやくから実現していたことに、あらためて注目させられたのである。
「社会的経済の理論は、一八三〇年にヨーロッパで提起された。一八三〇年にシャルル・デュワイエが『社会的経済新論』を刊行し、同じ三〇年代にベルギーのルーバン大学で社会的経済のコースが開かれた。当時の自由主義の代表的学者であるJ・B・セーも、コレージュ・ド・フランスでの晩年の講義で社会的経済の重要性を強調している。十九世紀の経済学界では、国富の増大を目的に工業化と資本蓄積を重要視する政治経済学（エコノミ・ポリティーク）が主流を占めたが、これに対してエコノミ・ソシアル派は経済の資本主義化に伴う社会問題の解決を主要な研究対象に据えたのである」（前出）
このような歴史的経緯は、一九七〇年代の福祉国家体制の弱体化や社会主義体制の崩壊という局面を迎えて、かつての資本主義化に伴う社会問題の解決という目標を大きく超えて、前記したような諸原則をもった生産システムの創造を目ざすまでになったのである。
本書で紹介されている、エコノミ・ソシアルの四つの学派は、1、R・オーエンらの社会主義伝統、2、サンシモンのキリスト教社会主義、3、国家の規制からの自由主義的伝統、それに4、連帯主義の伝統というふうに分類されている。いずれも、国家の干渉に対抗する「協同原理」（アソシエーション）など西欧市民主義の伝統を踏まえた思想原理がその根底に見られるものである。こうした伝統的な思想と運動は、現在、EU連合のなかに法制化されて生かされているのであるが、こうしたヨーロッパにおける潮流と一方での、APECに見られる「強大な権力」による「市場経済」の構築志向という二つの対極は、現代史の動向とこれにかかわる民衆の生活を考えるうえでも、重要な示唆を含むものだといえよう。「生産者の労働・生活条件を改善するために生産者自身がアソシエーションを組織」するという課題は、ヨーロッパの協同組合などが、まずその構成員の教育を重視しているということからして、あらたな時代における人間変革という課題ともつながっていることを窺わせるものがある。

かつてウェーバーは、資本主義に適応する人間の倫理を説いたが、現代は、アソシエーション人間の倫理の確立がのぞまれているということでもあろう。

深夜妄語——7

〈1996年4月〉

かつて江藤淳が、『海舟余波　わが読史余滴』のプロローグで、「自分の知らない過去の時代、しかし自分がこの世に生を享けるすぐ前には存在していた時代の感触を知りたいという」「ほとんど生理的欲求」と言ってもよいほどの「願望」がある、と述べていたことを思い出す。江藤の、彼が生れる前の「時代の感触を知りたい」という「願望」の焦点が奈辺にあるかは、彼のこれまでの仕事をとおして、ほぼ明らかではあるが、たとえば、この『海舟余波』で描かれている海舟像のとらえ方にも、それははっきりと現れているようである。彼は言う。

これは政治的人間の研究である。小説は私人の私事を描くものであるが、私は私人としての海舟の私事にには、ほとんど興味を抱かなかった。むしろ私は、公事にかかわり、公人として終始した海舟の側面のみを描こうと心がけた。否、私にはこれは「側面」ではなくて、ほとんど海舟の全面と思われた。それほど彼の一挙手一投足は、当時の政治過程と深くかかわりあっているからであり、そのかかわり合い以外に、彼の自己表現の場はないというに等しいからである。

筆者も、このような海舟観・評価に異論があるというのではない。下級幕臣としての海舟が、維新の変革、この国なりの近代の幕明けという時流のなかで、自己実現を図るためには、「私」という側面よりは、より「公人」としての自己を主張していくことこそ有効であり、必要であったことは、たしかなことであったろう。幕府の官僚として、機構をいかに合理的に機能させ、運用していくかに自己を集中させ、そこでの判断力の適確さ、有効性を立証していくことこそ、彼の存在価値を高める方途であったわけである。

咸臨丸の艦長に任用されて、アメリカへと向かう航海で、木村摂津守をはじめ、属僚たちが操船上のことでも、軍艦の乗組員としての規律の上でも全く機能し得ない所業に、海舟がいらだつ情景がある。

木村摂津守の、勝艦長のいらだちの原因についての言がある。「何分身分を上がる事もせず、まだあの比《ころ》は、切迫して居ないものですからソウ格式を破ると云う工合にゆかないので、夫《それ》が第一不平で、八当たりです」と。艦長は操船上の最高責任者ではあるが、それは、幕藩体制上の身分とは別次元のことであった。この身分意識からすれば、操船などという仕事は「舟方衆」のやることであって、士大夫のすることではないとする矜持の壁が分厚く存在していたわけである。

海舟が、この身分意識の壁を、あたらしい洋式軍艦の操船という技術的必要から打破していくためには、あらたな「公」を打ち樹てなければならず、それはあたらしい事態にとっての合理的必要でもある。身分意識などというものが何の役にも立たないことを証明するためにも、技術と、その体系の独自な秩序を、彼は人々に示す必要があったのである。長崎の海軍練習所で得た知識と経験は、あらたな「公」、軍艦操船の最高責任者としての「艦長」という地位を人々が承認することによって実現するのである。

これは、海舟の生涯におけるほんの一部のエピソードにすぎない、といわれればそうには違いもないものではあるが、彼が、「公事にかかわり、公人として終始した」政治的人間としての観点には、このエピソードに代表されるような原点が深く作用していたことは疑いようもないと思われる。

この限りにおいて、あらたな「公」は、積極的な意味をもっている。しかし、この「公」は、西欧におけるPublicという概念の含意しているものの一部を示すものに過ぎないのではなかろうか。

江藤は、「私人としての海舟には、ほとんど興味を抱かな」いというが、筆者はむしろ、こうした過程を経て、あらたな「公」というものを意識した海舟の「私」にこそ注目しなければならない課題があるように思うのである。

海舟のこの「公」の獲得過程は、やや粗く言えば、日本近代史の過程そのものの縮図でもあるように思える。

この「公」には組織・機構としてのそれと、その歯車の一環として同化しつつ、その開展を機能的に推進することで自己実現を図ろうとする思考様式が前提されているのである。

巖本善治編の『海舟座談』にしばしば出てくることだが、海舟の家には、政治家、壮士などをはじめとして、実にさまざまな人物が出入りしている。彼は、初対面の人物に会うとき、物凄い声で一喝するのを常としていたそうであるが、この一喝で、相手を縮みあがらせ、そのとき現れる本性を見て対応を決めたという。またしばしば、金の話が出てくるが、必要に応じて、さまざまな人物に金を与えたという。

政治上、組織上の歯車を円滑に開展するための重要な手だてであったのだろうと思える。海舟の「公」とPublicとの間にある乖離は、それぞれを成り立たせている主体の違いということに帰着するであろうことは、いうまでもない。江藤は、海舟の希んだ「公」の在りようについて「幕府をも朝廷をも超越した国家を構想しようとした海舟は、当然国家を超える価値の存在をも感じていなければならなかった」と言うが、海舟の「公」の基底にあるものが、市民的な個人でない事だけはたしかなことであろう。「公」と「国家」はあっても、市民的個人が形成するであろう「社会」という存在は、すっぽりと欠落しているのである。幕末から明治にかけての時代的制約が、そうさせたというのではなく、海舟の「公」意識そのものが、組織と機能をとおしての自己実現であった限り、Publicに敷衍していくことを妨げていたものである。

こうした「公」意識は、国家の隆盛のなかに自己実現を図るという、この国の長い間の思考様式とそれほどの距離をもたないものであり、これを裏返せば、「公」は容易にウチの意識と同化し得るものになる。

このところ、「住専」やら「薬害」、さらにはTBSによるジャーナリズムの基本的倫理の欠如の露呈などによって、人々の生命・財産がいとも易々と奪われる事態が次々に惹き起こされている。それぞれの加害の当事者たちは、その因果関係をどうにも隠蔽し得なくなるまでかくし続けようとして、挙句の果ては、隠したつもりのシリがまる見えになるに及ぶや少しずつ小出しに頭を下げるという醜態を演じている。

彼らが隠し続ける論理はまさにこのような「ウチ」と表裏一体になった「公」である。publicあるいは民主主義といった概念とはいかにしても接続し得ない「公」であり、その内実は、閉ざされた組織とその機能のための「公」でしかない。

筆者は、こうしたこの国のこれまでの成り行きを見るにつけ、読者には唐突に思われるかも知れないが、たとえば、二宮尊徳を思い浮かべる。

彼は、一七八七（天明七）年の生れである。世界史のうえでは、フランス革命が間もなく始まろうとしている時代であり、この国では、幕藩体制の危機が顕在化しだして、勤倹尚武をテーマに掲げて、その土台を再構築しようと腐心していた時代である。いずれにせよ、動乱・乱世の予感がひしひしと感得された時代であった。

戦中に小学生であった世代の人なら、記憶されているように、薪を背負い、歩きながら本を読んでいる彼の像が、校庭の片隅にたいてい建っていたものである。当時の国定教科書によれば、彼は貧しさに耐えながら、勉学に励み、親孝行をした立派な手本にすべき少年であった。彼は、勤倹、孝行、自助の手本であった。つまり、教育勅語の説く儒教的倫理の権化のような存在であった。ところが、彼が成人して後の業績については、教科書も教えていなかったし、あまり広くは知られていないようである。少年時代の勤勉な彼は、教育勅語のためにそうしたわけではなく、そうせざるを得なかっただけのことである。しかし、彼は少年時代の貧窮のなかで得た体験を、成人してから「仕法」という農業経営方式に生かしていくことになる。こうした経営方式が編み出される経緯には商品経済の進展とこれにともなう武家の貧窮化、農民収奪の強化による農村の荒廃が背景にあるが、かれはこの方式を「分度」と「推譲」という思想で展開することになる。

分を定め度を立つるは、わが道の本原なり。分定まり度立てば、則ち分外の財生ず。猶ほ井を鑿すれば、則ち涌水極みなきがごとくなり。縦え其財僅少なりとも、歳々分外を生ず、則ち以て国を興し民を安んずべし。若し夫れ分定まらず度立たざれば、則ち大国有りといへども、国用足らざるなり。乃ち聚斂誅求を以て之を補ふ、竟に衰廃に陥るなり。

（二宮先生語録）

分度は、領主などが苛斂誅求をせず、土地の生産力に応じた年貢で我慢をし、支配下の農民の勤労意欲と安穏な生活を確保することであり、推譲というのには、自譲と他譲という二つの要素があって、前者は農民の今後の経営や子孫のために留保するものであり、後者は「富国安民」の用に供するものである。尊徳のこうした思想は、封建体制の経済的基礎であった米の生産とその生産力の合理的な維持・発展という枠組みのなかの実学的なものであるが、しかし、実学であるが故の広がりもまた持ち得ていたのである。

現実に則した学であったが故に、彼の思想は、「凡そ天地の事物、対偶ならざる者なし、是れ自然の理なり」というように、世界を上下の関係ではなく横の関係としてみるところにまで到達するのである。彼は、独学で儒学を勉強したと言われているが、名分秩序の学としての儒学をこえて、事物を「対偶」つまり相対的にとらえるまでになったのである。

これには、前記したような時代思潮の影響があったとはいえ、彼の現実認識の着実さ、たしかさを示すものであろうと思えるのである。尊徳の思想の限界性を指摘するのは、それほど困難なことではないが、こうした相対的な世界観に到達した彼の現実認識とそれを支えた実践は、評価さるべきである。こうした思想が、萌芽のうちに挫折させられていく過程もまた、この国の近代史の一面なのである。

深夜妄語——8

〈1996年8月〉

「みをたて　なをあげ　やよはげめよ……」という歌詞を小・中学生の頃に歌った、懐かしい思い出を記憶にもつ人は多いと思う。とりわけ、この国の学校教育が明治以来の西欧先進諸国に追いつき、追い越すことで国家の隆盛をめざし、それに貢献する人材の育成に的が絞られていたために、この歌詞は、実際的で現実味を色濃く帯びたものになっていたといえよう。さらには、この「みをたて　なをあげ」ることが本人のシアワセにつながるだけでなく、彼の属する郷党や共同体、その延長線上にあると考えられていた国家の利益にも合致するところから、その努力はさまざまな仕方でささえられ、奨励されてきたものであった。こうしたかつてのメンタリティは、今日では、かつてよりもいっそう生業の幅が狭められ、大多数の人々が企業などの被傭者として働かざるをえなくなってきたことで、さらに増幅させられていることは、全体の高学歴化という現象のなかにも如実にみられるものである。

近刊の吉村昭『落日の宴』(講談社)に描かれた川路聖謨《としあきら》の生き様には、この国の近代の「みをたて　なをあげ　やよはげめよ」というメンタリティの原形とでもいうべき在りようが鮮明に投影されているのをみることができる。

川路は幼名を弥吉といい、父は、内藤吉兵衛。いまの大分県と福岡県との県境に近い日田の代官所の下役人であったが、幕府に仕えることを志して江戸にのぼり、念願かなって江戸城の西の丸徒士に採用された。軽輩の身ではあったが、彼は漢学の素養があったようで、弥吉は父から四書の講読を受けたという。弥吉は十二歳のとき、小普請組の川路三左衛門の養子になり、翌年、養父の隠居にともなって家督を継ぎ、元服して歳福、さらに聖謨と改めた。幕府の勘定所の筆算吟味を受験して合格したのが十七歳、文化十四(一八一七)年であった。聖謨が老中・幕閣にその能力をみとめられて頭角を現し、幕吏として最高の地位にのぼりつめるきっかけになったのは、寺社奉行吟味物調役として出石藩の内紛の処理が絶妙であった功績によるものだったという。彼の能吏としての才覚を認めた、老中大久保忠真の引立てを得て、彼は四十歳で佐渡奉行になり、その後、いわば幕吏のエリートコースをとんとん拍子に駆けあがって、作の現在では勘定奉行筆頭にまで昇進している。

作は嘉永六（一八五三）年七月十八日（陽暦八月二十二日）、ロシア皇帝の侍従武官長プチャーチンが率いる軍艦ディアナ号をふくむ四隻が長崎に入港し、国書を幕府に手交することをもとめてきたことから、この応接のために勘定奉行の聖謨ら四人の高級幕吏が長崎に派遣されることになった。その道中記とでもいうべきところから書きおこされている。

なお、この長崎旅行で聖謨に随行した洋学者箕作阮甫《みつくりげんぽ》が書いた『西征紀行』を、筆者はある仕事で三、四年前に箕作家を取材した折りにいただいたので、後ほど紹介したいとおもう。

作者は、「小吏の子として生れた」聖謨が、「栄進をつづけて勘定奉行筆頭の座にもついたことは、奇蹟というほかはなく、すべて将軍家と閣老のおかげであり、その大恩は身にしみついている」と、彼の思いを代弁するように述べているが、この思いは疑いもなく、聖謨の実感でもあったであろう。実際に江戸城が討幕軍にひきわたされた日よりもひと月ほども早いある日に、中風で臥している聖謨を訪れてきた者が、「ついに討幕軍が江戸に入り、明日、江戸城は引き渡されるらしい」という風説をつたえた。彼はそれを聞くと、ピストルで喉を撃って自殺してしまうのであるが、その死はまさに将軍家在ってこその自分だという聖謨の思いを象徴しているようである。

彼は、外国船の来航と開国要求の矢面にたちながら、鎖国を続ける幕府の政策に危機感を抱き、懸命に幕藩体制とそれを支える官僚機構の維持に腐心する一方で、渡辺崋山をはじめ幕末のこの国のいわば開明派といわれた知識人との交友を深め、あるいはかたくなな攘夷論を固守する徳川斉昭らに配慮しながら、幕閣の方針に即してプチャーチンやハリスとの折衝に全力を傾けていく。プチャーチンの率いるロシア艦隊が長崎に入港したことで、急遽、中山道を急ぎ、さらにはいったん帰国してふたたび今度は下田に現れたロシア艦隊とプチャーチンを応接するために、風雨のなか、天城峠越えをして下田を目指す聖謨らの文字通り休む間もない旅行日程は、今日のサラリーマンの出張旅行などとは比較にもならぬほどに過酷なものである。プチャーチンとの、いわば外交の現場での交渉技術や才覚にも能吏としての資格・機能を存分に発揮していたことは、作者のえがいているとおりであったであろうことが、理解できるのである。聖謨は、これらの労苦の克服や才覚・能力の発揮される根源のエネルギーを、「将軍家の温いご恩」とその自覚にもとめている。彼は、その手本を、かつて家康の近習として武功を挙げ、小田原城主となった大久保忠隣にみていたという。忠隣は、事実無根の風評と中傷のために改易され、近江国栗田郡中村郷に配流され、無実であることを疎明することなく、配地で生を終えた。彼が無実を訴えなかったのは、「東照宮は生涯過ちのなかったお方」で「もしも私に罪がないことをあきらかにすれば、東照宮に過ちがあったことになる」というものであった。聖謨は忠隣に共感して「日本武士の鑑」としていたという。

戦乱の渦中にあって、主君と生死の運命を共有していた忠隣の時代の恩と忠の関係は、幕末の現在ではその実質に大きな変化をきたしているが、それが幕藩体制の危機のなかでいっそう観念化され、聖謨の幕吏としてのよりどころ、アイデンティファイとして再生されていたのであろう。

もちろん、聖謨の有能な幕吏としての才覚の発揮が、将軍家への忠誠というだけで支えられ、発揮されたというほどに単純なものではなかったことはいうまでもない。彼にも幕末の欧米諸国の現況へのたしかな観察力と幕藩体制下のこの国の実態についての認識力は、その当事者でもあっただけに、当時の人達に抜きんでた、知識をもちあわせていたことはあきらかである。阿部正弘という上司にめぐりあわせていたことも、彼の知識・認識力をじゅうぶんに発揮し得た条件のひとつであったこともたしかなことである。彼のような実務家、テクノクラートたちが幕末期の幕臣たちのなかに多くみられたことは、維新後の薩長政府がいちはやく彼らを再雇用して近代化政策の推進力として活用していたことにもみられるとおりである。

丸山眞男は「近代日本の知識人論」で、インテリ、あるいは「知識人」と呼ばれる者の明治以来の実態の変遷をあげているが、その第一に資格で定義される「インテリ」として、高等教育をうけた者を挙げ、彼らは大日本帝国のエリート、公私のビュロクラシーにおいて相対的に高い地位を現在または将来に占める人々というふうにいって、こうした意味でのインテリは、概してオーガニゼーション・マンであり、組織の中のエリートだと述べている。今日では、こうした部類の「インテリ」を、「知識人」とは一般には呼ばないようであるが、官庁や大企業での「キャリア組」といわれる層には、根強く生かされていることは多言を要さない。丸山もこれを「日本の場合は資本主義的近代化の『離陸《テイク・オフ》』の段階をとっくに終り、高度工業国に成長した後においても、引続き生きている」ことを指摘している。

聖謨にみられるような、さらには維新後に活躍した旧幕臣出身のテクノクラートたちは、こうしたインテリの前身としての位置も占めることになったといえよう。「みをたて　なをあげ」という歌詞の指示しているものも、まさにこの分類に入ることを目指すものであった。

聖謨らに陪行して長崎に旅した洋学者たちは少なくなかったが、箕作阮甫もその有力な一人であった。そのときの道中日記が『西征紀行』である。聖謨は、公務中ということで道中は家臣たちに飲酒を禁じ、自らも禁酒していたというが、阮甫は道中何かにつけて酒を遠慮なく飲んでいたことが、この日記に出ている。長崎でのプチャーチンとの会談が一応済んで、聖謨の長崎巡検に同道した際、神崎台場を観察したときのことが、この日記に書かれている。

神崎の新台場は、鍋島侯の新たに造れるにて、百五十ポンド二門、二十四ポンド幾門、其の余大小砲を備うる頗る多し。斐三郎曰く。砲制洋法と合せざる者多く、轅馬《えんば》、海岸砲車も皆鹵奔《ろもう》、砲墩《ほうとん》の制卑下にして、胸壁も完《まった》からず。

これより先、人々嘖《さく》々と新台場の洋法を用うるには、西洋人も驚きぬるよしなど申せしに、かかる疎漏《そろう》なる者ならんとは思わざりしなり。火薬庫も浅露にして危うく、砲は岸頭に露われボムフレイ（bom vrij〔蘭〕・防弾設備）をも設けず。かかる塞堡《さいほ》にて自ら誇るは、遼東の豕《し》とやいわん。鎖国の弊は到らざる所なしと一口気《いっこうき》。覚えず大息す。

つまり、これだけ台場や大砲などを備えれば、西洋人もびっくりするだろうと思っているのかもしれないが、実際のところは、火薬庫もほとんど敵の砲撃から免れるほど深くはなく、砲台の防弾設備すらない、全く独り善がりな設備だ、と学者らしい冷静な観察をしている。が、多面、「対岸にも新台場あり。彼是《ひし》互いに打放数十発、船中に在りてこれを見る快、甚だしきを覚う」などと無邪気な一面ものぞかせているのである。

しかし、総じて阮甫は、プチャーチンの提示した文書の和訳に携わっても、淡々と事をすすめていたようで、立場の相違といえばそれまでだが、聖謨らほどに危機感を露わにしたり、悩んだりしている様子は見られないのである。和訳が済めば訪ねて来た門人や知己と酒楼に上がって、西洋事情などを交換したり、議論したりしているのである。いわば文人的なメンタリティを多分にもっていたのではないかと思えるのである。

幕末からこの国の近代初期にかけてのこの二人のタイプは、以後のいわばインテリの二つに大別できるそれぞれの源流とでもいうべきスタイルを具備していたといえるのかも知れない。

深夜妄語――9

〈1996年10月〉

フランス革命史の中の第一共和制の時代は、バスティーユ監獄の解放、「自由、平等、友愛」の理念や国民議会による「人権宣言」の採択など近代の幕開けを告げる象徴的な華々しい一面と、他方におけるジャコバン党の独裁と「恐怖政治」の血なまぐさい蛮行という明暗二面が織り成す時代であった。

「歴史の必然、進歩の法則」を受け入れる立場からは、この二面性は産みの苦しみとして受け止められていた。しかし、この近代の理念を具現したフランス革命のポジティブなイメージとは裏腹な、ネガティブな現実の中に近代の根源的な負の課題が潜められていたことを、学問的な裏付けをとおして提示しているのが、近刊の森山軍治郎『ヴァンデ戦争――フランス革命を問い直す』(筑摩書房)である。

近年、歴史学は隣接諸科学との共同をとおして、これまでの通説を実証的に再検討し、あらたな地平を切り開いてきている。本書も、そうした意味で、フランス革金の実質にあらたな観点を提示するものといえよう。「はしがき」で著者は、次のように述べている。

最近まで、ぼくが抱いていたフランス革命像は、血の臭いはするもののデモクラティックなものだった。人びとの平等という面では、どの「ブルジョア革命」よりも徹底していた革命だった。

が、しかし、このようなフランス革命も、
革命の名において非人道的な大量殺戮が行われていた。殺戮した側から革命を見て美化する時代は終わった。殺された側から革命を相対化して見直してみなければならない。

……一七九三年以来、西部フランスのヴァンデ地方をはじめブルターニュ、メーヌ、ノルマンディの民衆は、革命の名において、「自由、平等、友愛」や「人権宣言」の名において、徹底的に弾圧されていた。犠牲者の数はヴァンデ地方だけでも数十万人におよんだ。とくにジャコバン独裁期の弾圧は残忍をきわめ、女性、子供、老人、病人などの区別なく、無差別な殺戮が行われた。革命政府は西部の民衆を「反革命分子」と決めつけた。その後も、歴史学者や左翼勢力らがいいつづけた「反革命」のレッテルはまだ完全に剥がされていない。

著者は、ヴァンデ民衆の抵抗とフランス革命の在りようを、近年の研究者たちによって明らかにされた事実と照合して、詳細に論じている。これまでの「殺戮した側から」の革命の視点からは、ヴァンデの民衆の抵抗は、辺境の分断的・閉鎖的で経済的な後進地域の民衆が、旧貴族やカトリック僧にそそのかされて蜂起したものというふうに見られていた通説を打破して、当時のこの地方の経済的実態からも民衆の要求からしても、こうした見方がいかに一面的なものであるかを、実際に現地踏査などもして実証的に確かめているのである。たとえば、ヴァンデ軍と政府軍との間で激戦が行われたショレという町での、ヴァンデ側の犠牲者の社会構成が表になっている。それによれば、自作農が、小作農などを加えた農業関係者九十九人中六十三人を占めており、織工の百四十一人、製造業者二十一人、左官や靴屋などの商工業者八十七人という比率は、辺境の僻村、遅れた農民の反抗というイメージとは遠いものであること実証しているものである。実際、この地方は、革命前から織物工業のさかんなところで、ハンカチーフなどの製品は国内外にひろく移出されていたという。パリなどに供給されていた肉牛の市がたつ土曜日などは、近在から大勢の人々が押し掛けてきている。「都市にせよ、農村にせよ、経済活動が活発であり、革命期までに商工業化が進んでいたことがヴァンデでも明確だった」と、著者はいう。革命の初期にこの地方の人々は、こうした商工業の平和的な発展のために、革命政府の掲げる理念に賛成して、聖職者や貴族、富裕な不動産所有者の特権とされていた課税の不公平などを改めるようもとめてもいたのである。

革命政府は、大ブルジョアと小ブルジョアや小商工業者、労働者との対立を外にそらしていくためにも、革命によって周辺の封建諸国が抱いていた革命フランスへの敵意と警戒心を利用して、対外戦争を企図し「三〇万募兵令」を決定した。この「募兵令」は、革命政府の「不平等」政治の極点としてヴァンデの民衆におしかぶさるものであった。それまでに革命政府は、聖職者の権力と権威を剥奪するために、彼らと修道院などが保有していた財産・土地などを没収し、「国民の私的所有権の保障」を名として競売にかけることにした。この競売で多大な利益を享受したのは富裕な大ブルジョアであった。教区内の教会の森や耕地は、私的所有者のものとなり、従来の共同体による利用は不可能になった。

もう一つが、「聖職者民事化法」で、これは聖職者をローマ教皇の管理から革命政府の国家管理に変えようとするものであった。聖職者の国家公務員化である。聖職者たちは、この「民事化法」に宣誓することを迫られる。これによって伝統的な教区は、国家の行政区単位に統廃合され、人々の信仰は国家によって管理されることになった。中世以来の民衆の、教会を中心とした教区共同体が、革命政府によって傍若無人に破壊されたのである。ヴァンデ地方には、宣誓を拒否する僧が大量に発生した。「見つかれば逮捕されるというのに、なぜこれほどに大量の宣誓拒否僧が存在しえたのか。もちろん、聖職者自身が意志を堅固にして、信仰と宗教を守りつづけたこともあろう。しかしなによりも、民衆の絶大な支持があったからにほかならない。民衆は自分の問題として非宣誓僧を守らなければならなかった。『非宣誓僧への攻撃はすべての農民反乱の必要不可欠の条件』だった、……民衆は他人としての僧侶を守るのではなく、僧侶を含む自分たちの伝統的共同体生活を守る」必要があったと著者はいう。

伝統的な共同体生活をささえた精神文化の、革命政府による傍若無人な破壊と、自分の費用で、代理人を立て武器や装備、服装を用意することが出来る者は兵役を免除されるという

「募兵令」の富裕者優遇の処置、さらに役人はすべて無条件で兵役を免除されるという内容は、農・市民に不公平感と憤懣をもたらすものであった。彼らは、こんな政府・国家を守るべき必然性を全くもっていなかったのであり、ましてや革命の擁護が自分たちの生活を脅かす以外のなにものでもないことを、現実の生活をとおして知ったのである。

ヴァンデの民衆の革命政府にたいする蜂起は、このような生活破壊に抗する闘いとしてはじまったのであった。

ヴァンデ地方は、一般に五角形といわれているフランス国土の左（西）側の角ばった地点、ブルターニュ地方からすぐ南のロワール川沿いの一帯である。一七九三年三月四日の日曜日、「募兵令」に抗議する若者たちと国民衛兵との間で起こった小ぜりあいは、同十二日に徴兵が実施されることになると、武装した民衆が地方行政官衙を襲い徴兵名簿などの公文書を焼くなど、実力行使にでる。

荷車引きの行商人で教区の信徒総代でもあったジャック・カトリノーは、五人の子持ちで「募兵令」の免除条項の該当者ではあったが、村人から反対運動の指導者になってくれるように要請されると、「共和国はわれらの地方を潰そうとしている。ただちに抵抗運動を起こし、いまから戦争を開始しなければならない」と言って、リーダーを引き受ける。彼は「アンジューの聖者」と呼ばれて、この内戦の終焉まで果敢に闘って戦死する。ポープレオ城主デルベは、指揮官になってくれという民衆の要請にはじめは慎重な態度をとっていたが、政府にたいする民衆の怒りにひきずられるようにして、ヴァンデ軍の指揮をとることになる。戦略・戦術にかけて彼は、軍神のような才能をもっていたというが、実際、政府軍との戦いで彼の才能は十分に発揮された。村々から早鐘で集まってきた民衆は、付近の町々に拠る政府軍を蹴散らしていく過程で数万の軍隊にまで膨れあがっていく。しかし、いわゆる正規軍ではないヴァンデ軍は、生活者で構成されているために、ひとつの戦いが終われば家に帰って、それぞれの生業を維持するために働かなければならない。したがってその実勢は、時々に自在に変化する。加えて、戦争が長引くにつれてヴァンデ軍の指揮をとる貴族たちの思惑と民衆兵士たちの目的に、大きな乖離が生まれてくる。貴族の指揮者たちは、次第に革命政府打倒の反革命戦争にこの民衆軍を利用しようとする。他方、兵士は、自分たちの暮らす地域の政府軍を追い払い、平穏な生活が戻ればそれでいいのである。このような事情は、ヴァンデ軍がロワール川岸のこの地方の首都ナントの攻防で敗退してから露わになり、政府軍の巻き返しを許し、ついには凄惨残忍なヴァンデの民衆への無差別なテロ・虐殺を招来するようになるのである。「血の臭い」を感じるという、フランス革命についての著者の言があったが、このヴァンデ戦争終焉時の政府軍による虐殺・処刑の残忍非道ぶりは、言語に絶するものであったと、著者は可能な限りの現地資料などに即して述べている。

自由民権運動と秩父事件との関わりを研究していたという著者は、ヴァンデ戦争との対比をしながら、「近代以前の民衆は伝統的観念によって共同体を維持しようとする。しかし、近代国家は合理主義や社会契約、つまりポリティカル・エコノミーの概念で民衆の共同体と個の世界に入ろうとする。前近代的観念と近代的観念の激突が近代成立期に起き」たとして、これからの民衆の革命がモラル・エコノミーの原理にもとづく必要があることを示唆している。

ジャコバン学派が、マルクス主義史学に大きく影響されたことを指摘しつつ、「ヴァンデ戦争は地域からの発言であった。国家からの発言ではない。ボーダレス社会が進み、国家主権が縮小して、地域からの国際社会への発言が有効さを増している。……国家という枠組がだんだん意味をもたない時代が訪れている。現にフランスはEUに積極的だ。ヴァンデ民衆の粘り強い訴えがフランス国家を越えて、広く世界に認知される日がくることを願ってやまない」という著者の思いには、深い共感を誘うものがある。興味深い著作だが、六、一八〇〇円という値が広く読まれることを阻んでいるようで、惜しまれる。

深夜妄語——10

〈1996年12月〉

このところ、政府の莫大な財政赤字を理由とした「行政改革」とこれと対になった「規制緩和」を唱える声が喧しい。この秋の総選挙でも、ほとんどの政党・候補者が声をそろえてその実行をさけんでいた。

『読売新聞』十一月十六日付夕刊には、行政改革委員会・規制緩和小委員会（座長・宮内義彦オリックス社長）の医療・福祉、雇用・労働、土地・住宅、エネルギーなど四分野についての「報告書素案」要旨なるものが報道されている。

それによれば、医療の分野で、医療法人の理事長には医師しかなれなかったのを、医師以外でも理事長になれるようにする、つまり、医療機関に企業経営の手法を導入できるようにするとか、医薬品を一般の小売店でも販売できるようにするといったものである。また、シルバーマーク制度について、国の関与を撤廃するということも挙げられている。雇用・労働の分野では、女子労働者の保護規定の撤廃が提起されていて、女子の時間外・休日・深夜労働規制の撤廃が、男女を問わず時間外労働の適正化という条件をつけて挙げられている。その一方で、「裁量労働制」や「一年単位の変形労働時間制」の制度化を挙げて、時間外労働という考え方自体の消滅・無効化を企てたりしている。

この報道の数日前、『朝日』の夕刊「窓」欄では、企業が採用した労働者を勝手気儘に解雇している実態を取り上げていたが、その企業が解雇手続きを法的にはクリアしているということで、労働基準監督署も手をだせないだけでなく、プライバシイの侵害や業務妨害にもなりかねないとして、静観しているだけだという。労働力は目下買い手市場で、就職難につけこんだ無謀な手口をやめさせる妙案はないものか、と「窓」氏は嘆いていた。

「素案」はさらに、土地・住宅について、専ら工場立地や高層建築の規制排除に重点がおかれていて、これまでの様々な規制法令を「環境法令」だけで対処すべきだとしている。エネルギー分野では、独占的な電力会社に対して、自己責任による自家発電活用の自由化をもとめている。

この「素案」をみれば一目して明らかなように、「規制緩和」とは、営利企業が、これまで法的規制で不十分ながら庶民の生存権を保護してきた諸規制をとりはずし、「自由」に利益の得られるところに進出させろ、ということにほかならないことが分かるのである。「行政改革」もまた、同様の指向で、企業などにとって効率・利益と繋がらない分野は、切り捨てよということである。

このような「自由」、あるいは「自由主義」について、警鐘を打つような著書が、先日、同人の石塚秀雄さんから送られて来た。『社会的経済とはなにか——新自由主義を超えるもの』(Jacques Moreau著・石塚秀雄・中久保邦夫・北島健一訳 日本経済評論社)である。著者J・モローは、本書の「はじめに」で「新自由主義はどこへ通じるのか?」という問いを出し、かつて自由主義はギャンブルや一獲千金を狙う宝くじのような個人的熱狂どころか、公益の概念にもとづいていたのだとし、前記したような「自由」あるいは「自由主義」を、「新自由主義の個人主義、または野蛮な個人主義」と呼んで次のようにいっている。

新自由主義の個人主義、または野蛮な個人主義は、社会組織の要素としての連帯の思想そのものを掘り崩し、正当に組織された共同利益の存在を拒否している。

この新自由主義による連帯の拒否は、労働組合の加入者数の低下や国会議員選挙での棄権の増加など、最近のこの国の風潮にみられるような姿態で現われているもので、同様のことがフランスでもみられるとして著者は、この思潮が公的決定に与える重大な影響について、例を公共料金にとって「規制緩和」の在りようを指摘している。

(公共)料金に関する選択や「規制緩和」政策の場合に、これこれの価格調整が時をえたものであること、すなわち、まったく正当なものでまた願わしいものでありうるかということではなく、価格調整の原理それ自体が問われるのである。各消費者は、自分が受け取るサービスの費用ちょうどを支払わなければならない。一国民の間で、ある者が他の利用者の負担を軽減するような、費用の超過負担をしてもよいという考え方は、冒瀆だと断罪される。反価格調整が「外部費用」を生みだし、利用者が元々にそこから引き出してきた利益を利益を受ける利用者から反価格調整によって奪ってしまう危険がある場合では、共同体が負担すべきであるという認識は拒否される。

さらに著者は、現在のこの国でも見られる、大都会への人口集中によって過疎化した地域の公共サービスの廃止によって生じる、大都会の社会基盤整備費用の増大と他方、見捨てられた地域にあった公共資産の破棄という二重の負担は、税金負担の増大を必然的に招来するが、「行革」、「規制緩和」を求める新自由主義者・野蛮な個人主義者は自らの要求から生じた増税に憤慨すると指摘している。こうした傾向は株主の「永続的なパートナー性の観念そのものが拒否」されるような思潮を生み、さらには、消費者運動の在りようをも歪めるものとして、当面の低価格・ダンピングが提供者である農・漁民、労働者の低賃金やその国民的、社会的影響などを考慮する思慮深さを喪失させていると述べている。

このように、新自由主義・野蛮な個人主義の今日的盛行は、行論の中見出しに掲げられている「山師の時代」、「連帯の拒絶」、「共同行動の拒否」というキーワードに端的に表明されるような思潮であることは明白である。著者は、この章の結びで、右のような「新自由主義の風は、西側では多少は吹き荒れようが弱くなり、経済と社会で果たすべき重要な役割が政府にはあると再認識し始めている」といっている。国際的な流行から概ね一歩遅れて事態が進行しているこの国では、「行政改革」、「規制緩和」つまり、新自由主義の暴風が吹き荒れている真っ最中である。「連帯の拒絶」、「共同行動の拒否」は、わいろ・汚職の横行をともなって、かつての共同体の崩壊以来、自分勝手主義となって加速度的に強まっているかのようである。

しかし他方、こうした新自由主義の猛威に「連帯」と「共同」の必要を痛感している人々が、すこしずつ現れてきているようにみえるのは、さまざまな小グループによる異議申立の活動である。多彩な政治的・経済的「山師」の露呈している実態も、この異議申立活動の在りようと無縁ではないように思われる。

著者は、「フランス革命から生まれた（市民）の権利は、イギリス人が『自助（Self-help）』と呼ぶこの思考方法をとりわけて不可能にしていた。文字どおり訳せば『自らを助けよ』となるが、この訳語は、元の言葉の持つ意味、つまり、慈善家の援助や政府の支援を求めることなく、必要を満たし困難にたいしていくために、共同で組織しようとする自発性という意味をくみ尽くしてはいない」と指摘して、新自由主義から人々の真の生き方を救いだすために、社会的経済の理念とその普及の必要を述べているのである。

著者によれば、社会的経済とは、「協同組合、共済組合、事業管理非営利市民団体から構成されるグループであり、第三セクターの他の構成要素とは一線を画している。社会的経済グループは、加入の自由をかかげる連帯的で自主的な組織であり、市場に対しても国家に対しても、同業種の他の一般企業が持っているのと同じような関係を持っている。社会的経済企業は、個々人の自由加入を基礎に自主的につくられているので、自分たちを社会運動そのものとみなしており、社会運動の道具とは見ていない。さらに社会的経済企業はいずれも登記企業の資格を持つものである」ということになる。

社会的経済の理論的、実践的な細部について、この場で述べることは不可能だが、著者が社会的経済によって形成される人間像をとおして、ユートピアの実現を目指していることは、次の言葉からも明らかである。

集団生活において望まれる責任の分散は、なにも経済活動に限られない。それは、将来の人間の生活において労働と同等な重要性を占める可能性のあるその他の領域にも関わることである。この点で、非営利市民団体は自発的な責任を教える学校となり、自発的な責任は、その遂行に援助の手がさしのべられさえすれば、その他の数多くの部門にも広がっていくだろう。こうして、一般的に言えば、社会的経済の価値観と実践の普及は、統治者と被統治者、また経済的意思決定者とその決定に服する多かれ少なかれ受動的な者、これら両者の間の隔たりを縮めるのを助けることができる。社会的経済は責任の分散を生み出す偉大なマシーンである。経済活動が画一的に管理される大規模組織、したがって、不可避的に官僚的ないしテクノクラート的逸脱の犠牲になる大規模組織を発展させる傾向をもつまさにその時、社会的経済は責任のネットワークを重視する。また社会的経済は現場の男女が管理責任を引き受けるのを可能にし、彼らを通常の指揮系統の末端の位置から解放する。社会的経済は、知識の不平等に起因する権力の不平等をなくしていくのに貢献するのである。……このユートピアの描く社会は、男も女も、もはや受動的な市民やお客であることをやめて経済・社会生活の主役となる社会、……。

つまりは、「民主主義が日常的に行使される社会」が、著者のめざすユートピアである。因みに著者J・モローは一九二七年生まれ、パリ大学卒後、五一年に財務省に入ったいわば、大蔵官僚であったが、七〇年代初めに退職して、協同組合信用金庫の理事長などを歴任している。フランスにおける社会的経済の実践家でもあるという。

この国に、新自由主義を超える民衆の協同が、どのような経路でうまれてくるのか、その必要は切迫しているのだが。

深夜妄語——11

〈1997年2月〉

「深夜」という言葉の響きからは、「健康」なイメージを呼び出せる余地はなさそうだが、ときとして、深夜のTV番組には意外に健康な内容のものがある。

先夜も、村起こしに取り組んでいる人物が、「まじめ」と「真剣」の区別・違いについて話をしていたのが、印象に残った。

彼は「お上などの決めたことを、それとして一所懸命に実行したり、実現に努力するようなこと」を「まじめ」というのだとし、他方「真剣」というのは、自主的に、人間や自然の在り方はどうあるべきかを考えてその実現・実行に伴うすべてに責任をもって取り組むことだ、という意味のことを言っていた。

彼のような人物が現実の地域社会をリードしていることに感じ入って、受像機のスウィッチを切ってからも私は、しばらく彼の残像にとらわれていた。

私の頭蓋の靄の奥からぼんやりと、ジョージ・オーウェル『カタロニア讃歌』（岩波文庫・都築忠七訳）の一節が蘇ってきたのはそんなときである。スペイン内戦中、POUMの民兵として実際に前線でファシストと戦った経験をもつオーウェルは、この著の結びで次のように述べていた。

「ぼくが、バルセロナの戦闘の善悪正邪について共産党員と討論することは、不可能だろう。なぜならコミュニスト――すなわち『善良』なコミュニスト――はぼくが事実の本当の証明をしたとは認めないだろう。もし彼が忠実に党の『路線』にしたがうなら、彼はぼくが嘘を言っている、あるいはせいぜいぼくが救いようもないほどに惑わされており、事件の現場から数千マイルもはなれたところで『デイリー・ワーカー』の見出しをちらっとみる者は誰でもバルセロナで起きたことについてぼくよりよく知っていると主張しなければならないだろう」と。

ここに登場する「善良」なコミュニストも、先の「まじめ」と同列の事例であろう。（「バルセロナの戦闘」については後に述べる）

本書の冒頭で描かれている、「バルセロナのレーニン兵舎」で、著者がスペインに来て最初に出会った若いイタリア人民兵の描写は、この書物に私を引き込むのに大いに貢献したものであった。この兵士は、地図が読めないで、困惑している。彼は二十五、六歳の不屈の面構えをした青年で、将校のひとりが卓上にひろげた地図をみつめ、額に皺をよせ、とまどった表情を見せている。「その顔には、なにかしら、ひどくぼくを感動させるものがあった。友だちのためであれば人殺しもするだろうし、自分のいのちも捨てるような人の顔――彼自身はコミュニストかもしれないが、アナキストによくある顔だった。そこには率直さと残忍さが同居していた。また無学な人が自分よりえらそうな人びとにたいして抱く痛ましい尊敬の念がみられた」と著者はいう。この若いイタリア人民兵の「よれよれの制服」や「いかめしいが悲しげな面構え」から喚起されるイメージが、一九三六年のスペイン革命とそれに続く内戦と反ファシズムの「戦争のあの時期のぼくのすべての記憶」としっかり結びついている、と著者はこの若者への共感を述べていた。

イタリアはすでに、この時期、ムッソリーニのファシズムに制圧されていた。そのイタリアから、無学で「友だちのためであれば人殺しも」、「自分のいのちも捨て」かねないような、率直さと残忍さを持ち合わせ、他方、自分より偉そうな人には「痛ましい尊敬の念」を露わにしてしまうような素朴な青年が、スペインの反ファシズム戦線に駆けつけて戦っていたのである。ジョージ・オーウェルが、イギリスでの生活を捨ててスペインに渡ったのも、ファシストと戦うという素朴な正義感によるものであった。その心情は、この若いイタリア人民兵と共有のものであった。オーウェルは『カタロニア讃歌』のなかで、「なぜ民兵部隊に参加したかと尋ねられたら、『ファシストと戦うため』と答えたであろう」といい、「何のために戦っているのかと尋ねられたら、『人間に共通の品位のため』と答えたことだろう」と述べている。若いイタリア人民兵は、一定の教養があるオーウェルのように、その心情を「人間に共通の品位」というような言葉で表現することはできないが、彼のイタリアでのファシズムによる抑圧の体験は、スペインにおける革命に共感をもたらし、これを押し潰そうとしているフランコへの憎悪に燃えていたことであろう。フランコは、人間の品位を犯す敵として彼のなかのムッソリーニと重ねられていたに違いない。

一九二九年にアメリカにおこった恐慌は、たちまちヨーロッパを席捲し、世界的な規模で拡大していった。この恐慌への対処は、一方で過酷な人民の抑圧を招来し、他方では、体制の革命的変革を呼び起こすことになるという、ドラスティクな振幅を現出する。アメリカでは、ニューディール政策がとられたが、ドイツ、イタリア、日本などでは、ファシズム・軍国主義が制覇し、フランス、スペインなどでは人民戦線政府が出現する。ソヴィエト・ロシアでは、スターリンによる政敵粛清が苛烈に断行された。まさに「人間の品位」とそれを冒瀆するものとの激烈な抗争が開始されたのであった。さらにこの「人間の品位」を守るべき戦いは、また、人間以外に生みだし得ないイデオロギーという怪物との戦いをも招来した。イデオロギーが、「人間の品位」を食いちぎることにもなったのであった。

オーウェルは、反ファシズムの戦いのなかでスペインに現出した「人間の品位」の気高さ、美しさを「賛歌」として描きながら、この気高さ、美しさを無残に食いちぎっていく、イデオロギーの浅ましさ、おぞましさを冷静な視点で告発している。

「イギリス共産党書記長ハリー・ポリットをたずね、国際旅団参加をすすめられ」たオーウェルは、「自分の目で事実を見たいといってこれを断り、独立労働党（ＩＬＰ）の紹介でスペインへ行き、ＩＬＰの姉妹政党ＰＯＵＭの民兵部隊に参加（『カタロニア讃歌』訳者あとがき）」して実際に戦闘した体験を描いた。

第一章から第十二章までは、意識的にこのスペイン内戦の国際政治上、あるいはスペインの様々な政党とイデオロギーの葛藤・背景を排除して描かれている。乏しい武器、弾薬、前世紀に作られた骨董的な、ほとんど実戦に役立つとも思えないようなライフル銃、安全ピンの作用が不確かでひょんな拍子にポケットの中で暴発してしまうような危険な手榴弾、乏しい数の機関銃といった劣悪な装備で、果敢にファシスト軍に立ち向かう民兵たちの様子が生き生きと描かれる。第二共和制下のバルセロナでは一時的にではあったが、ブルジョアが一掃され、赤と黒のアナーキストの標識が、靴磨きの台にまで及んでいる。民兵組織では、軍隊に特有な階級制度が廃されて、「将軍から一兵卒にいたるまで同じ給料をうけとり、同じ食事をとり、同じ服を着て、完全に平等な条件でつきあった。師団を指揮する将軍の背中をポンとたたき、タバコをくれといいたければ、そうすればよく、だれもおかしいとはおもわない」ような情景もあった。

このような、いわば革命の蜜月状態は、一九三六年七月十九日の人民の蜂起から一年と経たない翌年の五月、バルセロナの中央電話局に拠るCNT（アナーキスト系労組）を人民軍を掌握していた共産党が襲撃したことから、いわゆる内戦中の内戦が開始されて終息することになる。スペインの共和国政府に武器の援助をしていたソヴィエト・ロシアは、この援助をとおしてスペイン共産党・PSUCが共和国政府の中心勢力になるよう画策し、スペイン革命に参画したさまざまな他党派を武力で弾圧し排除していく。

「万華鏡のような政党や労働組合、そのじれったい名称、PSUC、POUM、FAI、

CNT、UGT、JCI、JSU、AITには、ただただ腹が立つばかりだった。一見したところ、スペインが頭文字の流行病にかかっているようにみえた」（同、補論1）というほどに多様な政治結社とその系列下にあった労働組合は、PSUCによってすべて反革命勢力として武装解除され、弾圧されることになったのである。

オーウェルは、反ファシズム闘争というだけではこの内戦の本当の性質の理解を妨げるだけだと言う。「スペイン、とくにカタロニアでは、こうした態度をいつまでもとりつづけることは、誰にもできなかったし、誰もしなかった。いくらその気がなくても、いつかは自分の政治的所属を明らかにした。たとえ政党や衝突しあう『傾向』に関心がなくても、自分の運命がそれと無関係でないことが、あまりにも明らかだったからである。ひとりの民兵としてはフランコと戦う兵士だったが、ふたつの政治理論のあいだで戦われた巨大な闘争では、チェスゲームの一兵卒だった」と。

彼はバルセロナの騒乱事件、つまり共産党がCNTを襲撃して内戦中の内戦の火蓋をきった際、「コミュニストの機関銃の弾をよけていたとき、最後に、警察がうしろから襲いかかろうとするなかを間一髪でスペインを」脱出したのだが、こんな破目にあうことになったのも、「ぼくがPSUCではなくPOUMの民兵組織で軍務に服していたから起きたことである。二通りの頭文字の違いがいかに大きいことか」と述べているが、ここには、イデオロギーが「人間の品位」を食いちぎる実相が端的に告発されているのをみることができる。

オーウェルは、スペイン内戦の真実を明らかにするのは不可能だ、と言っている。一九三〇年代の激動の世界政治は、複雑に入り交じる政略、イデオロギーの坩堝であった。その複雑な力の絡み合いの接点に、スペインの共和制は誕生した。「ファシズム対民主主義」の闘争はこの坩堝のなかの一面でしかない。しかしこの錯綜した闘争のなかにも、「人間の品位」を賭けて戦った無数の名もない民衆がいたことは覆い難い事実である。オーウェルもその一人であり彼は、そうした民衆の戦いをこの著をとおして称えている。

『大地と自由』を製作したケン・ローチ監督は、スペイン内戦に参加した祖父の思いを辿る孫娘に、「人間の品位」のために命を賭けることの必要を大切にし、継承するように求めていた。孫娘にこれを求める事に確かな手応えを確信しているケン・ローチと、観客である現代の日本人・私たちとの間にある種の乖離を覚えずにいられないのは杞憂であろうか。先の村起こしに見られるような人物も少なからず出てきたが。再省多々。

深夜妄語——12

〈1997年4月〉

江戸東京博物館で、「参勤交代・巨大都市江戸のなりたち」という企画展が開催されているのを観てきた。図録の冒頭に掲げられているのは、一八六三（文久三）年頃に来日したイタリアの写真家、フェリックス・ベアトの撮影した、当時の芝・愛宕山から江戸湾にレンズをむけてのパノラマ写真である。江戸城の西の丸辺りから芝・増上寺辺りまでが視野に収められていて、その間に密集する諸大名の上屋敷や中屋敷の甍がびっしりと連なっている。遥かに三基の台場も望見される。幕末期に百万と称された将軍の城下町、江戸の人口のほぼ六割を占めていた武士階層の在りようが、視覚をとおして実感される図である。

これらの大名屋敷には、それぞれの国許から大量の家臣が単身赴任していて、いわゆる

「御長屋」で起居していた。加賀・前田家のような大藩の二、三千人から中規模の藩では数百人という家臣たちがそれぞれの屋敷に生活していて、在府中の藩の政庁としての機能を担っていた。藩の数は三百余といわれているから、藩屋敷に起居する総人数は、たいへんな数にのぼる。これほど大量の、いわば非生産的人口を江戸は抱えていたのである。

現今の東京は一極集中によるさまざまな弊害を露呈しているが、この時代の江戸の一極集中の在りようは、今より生産諸力に格段の差異があっただけに、これがもたらす諸問題は、多様な形態で発現していたであろう。彼らの大部分はあまり金銭的には恵まれない生活を強いられていたようだが、それでも、江戸の町に落とす金銭は総体としてはすくなからぬものがあったと言えよう。

先のベアトの写真を見て、まず私は、彼らの生活に伴う消費物量の巨大さと、これに見合った排泄物の量に思いをいたしてみた。下水道などなかった時代である。私なりの江戸糞尿譚をここでは試みてみたい。

展示品のなかに、大名屋敷に出入りする商人や農民の通行手形がある。

なかに、屋敷の下掃除を請負った農民の権利とその代償を書き付けにしたものがある。江古田村（現・中野区）の名主深野家が、十五万石の榊原家の屋敷の下掃除をする権利を得た経緯が書かれている。深野家が榊原藩と関係をもつことになったのは、一五九一（天正十九）年に馬を提供した事に始まったという。天正十九年といえば、秀吉が朝鮮出兵を命じた年である。榊原藩がこれに関係していたかどうかは分からないが、いずれにせよ、軍役のために馬を補充する必要があったのであろう。その後、深野家は榊原藩邸の造成を無償でおこなうことで、下掃除の許可を得たのである。この許可条件には、毎年、馬の飼料として刈豆千貫を納入するということであった。つまり、榊原藩邸からでる糞尿を得るために、深野はそれだけの代償を支払ったわけである。

榊原藩の江戸詰藩士がどの程度の数になっていたかは分からないが、同じ十五万石余の大和国郡山藩の江戸詰藩士が家老以下三百七十一人、全家臣団の一五パーセントという記録がこの展示会の会場の資料にあったことからして、藩の立場や方針に多少の異同があったとしても、おおよそこの程度の数の家臣たちが「御長屋」で生活していたことは想像できる。加賀・前田家の場合は、家臣の江戸定府の割合が少なく、参勤交代の際に大部分の家臣は藩主とともに帰国していたという。他方、藩主が江戸に在府しているときは二千人から三千人の家臣が藩屋敷にひしめいていたらしい。

ともあれ、江古田村の名主深野は、数百人の糞尿の処理を請負って、それを田畑の肥料として活用することを安定的に保証されていたのである。

江戸近郊の農民たちにとって、集中的にかつ大量に発生する藩屋敷の糞尿を安定的に確保することは、農耕作業をすすめるうえで不可欠の必要であったろう。江戸近郊に広がる田畑は、単身赴任の大量の武士集団が排泄する糞尿を肥料として、野菜類をはじめとする農作物を育てていたわけである。もちろん、この武士団の存在を前提に、彼らの日常生活や諸儀礼に伴う商品や工作物を調達する商人や職人、さらには彼らの使用人たちもまた、このサイクルの一環を形成していたことは言うまでもない。

私がまだ幼かった頃、今の目白通りや川越街道を牛車や馬車に肥桶を沢山積んだ車列が、都心に向けて朝早くから車輪と蹄の音を交互に響かせながら通っていた風景が思い出される。行きの車列は空の肥桶を積んでいるので、心なしか牛や馬の足の運びも軽やかに聞こえたが、午後になって帰ってくる牛や馬は重い肥桶を牽いてあえいでいるようであった。私の家の前の道は平らであったが、その手前は短いが登り坂になっている。登り坂の手前は公園になっていて広場もある。その広場に数台の牛・馬車がたむろしているのだが、これは坂を登る際に重い肥桶を積んだ牛・馬車が登りきれないことのないように、牛方・馬方がお互いに他の車の後押しをしてやるために待機していたのである。公園へ遊びにいく子供達は、肥桶の悪臭を避けるために鼻をつまんで駆け抜けたものであった。

私の父母の若かった頃の話として聞いたのは、手押しの大八車に肥桶を積んで、今の市ヶ谷・飯田橋辺りまで肥汲みに出掛けていた近くの農民のことである。

彼らは朝まだ暗いうちに、大八車に大根やホウレン草など季節に畑で穫れたものを肥桶のうえに乗せて出発し、それぞれのお得意先に収穫物を渡し、糞尿を汲み取らせてもらうのである。先の江古田村の名主深野家が榊原の屋敷の糞尿を汲み取る際に交わしていた条件と事情によく似たものがまだ残っていたようなのである。

東京の山手は、都心から近郊に向かって緩やかにせりあがっているために、幾つもの登り坂がある。手押しの大八車の肥桶に糞尿をつめて牽くのは平地でも大変な力業であるが、登り坂ともなればおおごとである。そこで坂の下には、職にあぶれた「立ちん坊」と呼ばれていた男たちが待ち構えていて、なにがしかの謝礼をあてにして後押しをしていたという。関東の大震災のだいぶ前の話である。

ちなみに、東京府内を十一大区百三小区に分けていた明治維新以来の行政区画を、「郡区町村編制法」などによって十五区六郡の行政区画に分けたのは明治十一年十一月であった。

新しく東京十五区に編制されたのは、かつて江戸府内といわれた地域で、今のJR山手線のほぼ内側の地域と東側の本所・深川までをカバーしていた。この地域は後に三十五区に分けられ、現在の二十三区になるまで続いていたものである。東京府の六郡は現在の区部のいわば周辺区といわれる地域で、東多摩、北・南豊島、南足立、南葛飾、荏原の各郡である。私は、戦後帝銀事件で有名になった椎名町辺で、一九三〇年に生まれたが、当時の地番は、東京府北豊島郡東長崎町といっていた。

明治になって、江戸に集中していた武士階層と彼らの使用人の多くは、一斉にそれぞれ国許に帰ってしまい、江戸の市中の各所に上・中・下屋敷を構えていた広大な大名屋敷は無人の廃墟と化してしまう。大名や旗本などに出入りしていた商人や職人、それに農民たちは突然の変容のために生活の手立ての大半を失ってしまうことになる。近郊農民の糞尿集めも一時頓挫してしまい、肥料の調達に困ったことであろう。前出の「郡区町村編制法」発布当時の東京の人口は、八十万人と言われている。かつての江戸の人口よりだいぶ減っていることが分かる。

私が父母から聞いた近郊農民の糞尿集めは、その後の明治政府による首都建設によって、再び各地からやってきた政府や企業の関係者、それらを相手とする商人や職人、工業地帯で働く労働者たちの飛躍的な増加とそれぞれの階層の密集した居住区の再建によるものである。井伏鱒二『荻窪風土記』に、こんな一節がある。

――昭和二年の五月、私はここに地所を探しに来たとき、天沼キリスト教会に沿うて弁天通りを通りぬけてきた。すると麦畑のなかに、鍬をつかっている男がゐた。その辺には風よけの森に囲まれた農家一軒と、その隣に新しい平屋建の家が一棟あるだけで、広々とした麦畑のなかに、人の姿といってはその野良着の男しか見えなかった。私は畦道をまっすぐにそこまでいって、「おっさん、この土地を貸してくれないか」と言った。相手は麦の根元に土をかける作業を止して、「貸してもいいよ。坪七銭だ。去年なら、坪三銭五厘だがね」と言った。敷金のことを訊くと、そんなことよりも、コウカの下肥は他へ譲らぬ契約をしてくれと言った。コウカは後架であった。この辺の農家には、内後架と外後架があることもわかった。私は貸してもらふことにした。――

『広辞苑』に後架とは、「禅寺で、僧堂の後に架け渡して設けた洗面所」とある。要するに厠のことである。この当時でも東京の近郊農村にとって、糞尿は大切な肥料であり、「敷金」

などとはくらべものにならぬくらいに、その確保に意を注いでいたというわけである。私の子供の頃の記憶に、東京から隔たった所の畑は、あまり臭わないが、私の住んでいる近郊の畑は、とりわけ糞尿の臭いが強かったという思い出があるが、手近にあって、化学的な合成肥料や堆肥などよりも安価で、手間のかからない糞尿は、東京の近郊農家にとって捨て難い資源だったのである。

かつての、糞尿と農作物の循環サイクルは、東京近郊農地の急速な減少と下水道の普及で消滅してしまった。近郊農地の減少の方が下水道の普及より急速であったために、一時期、糞尿の処理は東京の抱える大問題になったことがあった。

先の井伏の作の一節にある、農家の隣の新しい平屋建の家は、若いサラリーマンが、借りるか建てるかしたものであろう。作者は、当時の若手官吏などの夢は、まず東京郊外の荻窪辺りに一戸建ての家を手に入れ、出世していくにつれて都心に居を移し、最終的には麹町の屋敷に住むことだったという。江戸期の武士たちが城の本丸に近いほど身分も収入も高かったというステイタス意識が、彼らにも受け継がれていたせいかもしれない。

江戸から東京にかけての糞尿の来し方行く末に、ここで暮らす人々の志向や意識の澱りのようなものが抜き難く含まれているのは、今昔を問わず否めないようである。

深夜妄語——13

〈1997年6月〉

齢故《ふ》るにつれて、記憶の暁闇のなかに漂うことがしばしばある。

暁闇に浮かぶ記憶の断片の年次は、次第に降下して少年期の頃の映像が大半をしめるようになってきている。これまでに忘れ難い、さまざまな事象とこころの揺れを体験してきているはずなのに、不意に浮かぶ記憶の断片は他愛もない凡々たる風景であることが多い。

小倉百人一首に〈君がため春の野にいでて若菜摘む　わが衣手に雪はふりつつ〉という一首がある。この歌を私が記憶にとどめたのは、小学五・六年生の頃、担任の教師が百人一首をしきりに授業で教えようとしていたが、その影響であったようにおもう。まもなく太平洋戦争の戦局が悪化し、食糧の配給も滞るようになる。とりわけ春は農産物の端境期で、飢餓感はいっそう募ってくる。当時はまだ、東京近郊に野原が点在していたこともあって、野草の芽吹きを待ちかねたように私たちは摘み草に駆り出されたものであった。大人たちに教えられて、よもぎ、はこべ、あざみの若芽、たらの芽、つくし、ふきのとう、野蒜などおよそ食べられる野草という野草を摘み漁ったものであった。〈君がため春の野にいでて若菜摘む〉という歌首のひびきは、野草を探す少年の私にとってはいかにも厭わしい思いと、反面、その収穫がとにもかくにも自分の腹を満たすことにもなるという当然の結果との間に揺れる私の気持ちを代弁してくれているように思えたものであった。総じてアクが強く苦みの勝った野草は、美味い食い物ではないが、乏しい米飯の嵩あげには欠かせないものであった。なかで野蒜の酢味噌あえだけは、独特の強い香りとともに、いまでも春になると口にしたくなる私の好物になっている。広辞苑によれば、野蒜は「ユリ科の多年生草木で、地下に球形の鱗茎があり、長管状の葉は、長さ三〇センチメートル。夏、葉間から花茎を出し、白色、背線紫色の花を開き、間に多くの珠芽を混生。全体にネギに似た臭気がある」とあるが、私はいまだに野蒜の夏の花を見ていない。かつての切羽詰まったような野草摘みの習性が抜けず、野蒜の生態をゆっくり観察することができずにいるのかも知れない。

ところで、〈君がため春の野にいでて……〉の歌の作者である光孝天皇は、皇子の時代が長く五十五歳で即位して僅か数年の在位で亡くなっている。当時はそれまでの伴、紀、橘氏などに代わって藤原、嵯峨源氏が台頭するという平安貴族の勢力交代の時期にあたっており、律令制の衰退にともなう調、庸、雑物などの税の徴収システムも機能不全に陥り、宮廷政治の衰退がみられた時代であった。新旧貴族の勢力交代に伴う抗争と政治的不安定のなかで天皇の権威も貴族層の勢力の消長に大きく左右されていたのであった。言わば古代日本国家体制の解体が進渉しつつあった時代である。

「徒然草」の第百七十六段には、この光孝天皇（八八四年即位、八八七年没）の皇子の頃のエピソードが描かれている。

黒戸《くろと》は、小松御門《こまつみかど》位につかせ給ひて、昔ただ人《びと》におはしましし時、まさな事せさせ給ひしを忘れ給はで、常に営《いとな》ませ給ひける間《ま》なり。御薪《みかまぎ》にすゝけたれば、黒戸といふとぞ。

（『日本古典文学大系』岩波書店）

「ただ人」は、帝位につく前であること、「まさな事」は炊事、煮炊きをすることである。彼は不遇で長い皇子の時代、自分で煮炊きなどをしていて、住居が煤で黒くすすけていたところから、黒戸の御所と呼ばれていたという。

この〈君がため春の野にいでて……〉の詞書には、「仁名のみかど、みこにおましましける時に、人にわかなたまひける御うた」とある。自分で煮炊きなどして、住居を煤でまっ黒く汚してしまうような暮らしをしていた彼が野の草を摘んで人に与えていたという図は、一方に権勢盛んな新興貴族藤原基経が配され、旧体制の解体の進展にともなう租税の滞りや野盗、海賊の跳梁といった社会不安のさなかで、いつ天皇の地位につけるか図りしれない彼のなにやらいじましい姿を映しだしている。さきの戦争末期に必死になって野草を探していた私は、今にして思えばかの黒戸の御所がおかれていた時代の転換期と同様な時代に、千余年を隔てて存在していたともいえるが、時代の転換期と野草という連想はいかにも物悲しく、冴えないハナシである。

かの九世紀末の時代の春も、農作物の端境期であったのであろう。食物を求めて人々は野原をさまよっていたと思える。現今の農作物には、端境期というものがないようになっているが、それはいうまでもなく、農作物が進化したというわけではなく、栽培方法が端境期というものをなくしてしまったためである。かつてはこの端境期を乗り切るために、乾したり塩漬けにしたりして、四季を一サイクルとして発芽・結実する農作物の生成途上期を凌いできたものであった。それが現今では、ほぼ同一サイクル上に重なっていた作物の発芽・結実を人工的にずらすことで、端境期というものをほとんどなくしてしまっている。食物による季節感の感受などということは、不可能に近い。ハイブリット技術などによって農作物は限りなく、工業製品に接近しつつある。南太平洋の島で生産されるクリかぼちゃなど、この国は野菜の輸入大国にもなっている。一方、かつての野原はほとんど都市周辺では見られなくなり、春がめぐってくるたびに私が楽しみにしている野蒜なども簡単には採集できなくなってしまった。この春、秩父方面へ散策のついでに野蒜を採集してきたが、中年の夫婦でも野蒜を知らない者が多く、彼らの求めに応じて調理の方法や味について私は、積年のウンチクを傾けて伝授したものであった。

森有正は『経験と思想』の「序にかえて」で、「経験と思想という二つの語は、《単なる言葉》によっては定義できないもの、一度そういう定義が無意味に近いものになるような、《人間》にとって根本的な幾つかの名辞に属する。それは名辞の使用に関する約束ではなく、事態そのものが直接にそれを定義するのである」と述べていたが、私の野草との関わりも「人間にとって根本的な事態」から生じた「経験」といえるかもしれない。いまや食物、とりわけ農産物については、これまでの人々の植物についての「経験」的認識、森流にいえば

「事態そのものが」提示する経験的認識が解体されつつあるのではないだろうか。

魚は切り身状のものだという認識をしめした在りようが、ひところ話題になったことがあるが、植物の発芽から結実にいたる経緯・変化を、身近に経験的に認識する機会が失われているようにおもえる。これは動物にも、人間自体にもいえることのようである。ありうべき、ある結果だけが必要として求められる。そこにいたるプロセスやある結果のその後は不要のものとされ、生き物としての一体のサイクルは無価値なものと見做される。

近代以降、社会的分業の進展と物心両面の個別化が、こうした傾向を促進していることは否めないが、森有正のいう「『日本人』においては、『汝』に対立するのは『我』ではないこと、対立するものもまた相手にとっての『汝』」だという独特な自己形成の在りようが、自然や対象をそれ自体として認識し「経験」することを阻んでいることによることがすくなくないように思える。

私にとって今年の春は、梅から桜、躑躅、藤、牡丹、芍薬、石楠花など華麗な草花に出会うことのできた幸運な季節であった。ほどなくこの華やぎは失せて、それぞれが遠目には平凡な緑の草木となる季節にはいる。いわずもがなのことながら、花の盛りはほんの一刻にすぎない。連続のなかのほんの一齣である。花を賞でるものにとっては、この一刻がすべてであるが、それぞれの草木にとっては省略しようもない四季のサイクルの方が遙かに大切なものである。かつて人間にとって自然のサイクルは、「定義が無意味に近い」ほどの「根本的」な存在として認識されたものであった。そしていまもなお、自然のサイクルは人間の存在を「根本的」に制約していることに変わりはない。桜といい牡丹といい草木としての独自な自然的サイクルのなかで生きている。花だけが桜でもなければ牡丹でもない。当の草木のサイクルとは無縁に人間の勝手な思い込みが、花の美だけをデフォルメしてきたのである。これは「『経験』（現実）は、人間が幾億いようと一つである」という森の見地にも通底するものであろう。

そんな思いを私はこの春、京都・山科にある隨心院の小野梅園で感得させられた。手入れの行き届いた梅園には、見事な枝振りの八重咲きの梅が咲き誇っている。抹茶と菓子のついた千円の入園料は割高な感もあるが、梅の花の後の手入れのために要する諸経費を賄うものであろう。樹木の四季のサイクルを無視しては毎年美しい花は咲いてくれないのである。

花はさかりに、月はくまなきをのみ見るものかは。雨にむかひて月をこひ、たれこめて春の行衛《ゆくえ》知らぬも、なお哀《あわれ》に情《なさけ》ふかし。咲きぬべきほどの梢、散りしをれたる庭などこそ見《み》所《どころ》おほけれ。……萬《よろず》の事も、始終《はじめをはり》こそをかしけれ。男女《おとこおんな》の情も、ひとへに逢ひ見るをばいふものかは。逢《あ》はで止《や》みにし憂《う》さを思ひ、あだなる契《ちぎり》をかこち、長き夜をひとり明《あか》し、遠き雲井を思ひやり、浅茅《あさぢ》が宿に昔を偲《しの》ぶこそ、色好《この》むとはいはめ

と兼好は徒然草に書いている。彼は自然のサイクルを、そのまま情感に転移したのであろう。

寺内にある小野小町の歌碑は観光用に建てられたものだが、「はなのいろはうつりにけりないたづらに　我身世にふるながめせしまに」は、桜花の色褪せた様を詠んだものとされている。深草の少将の百夜通いを退けて長寿をまっとうしたこの女性の気丈なまなざし、自然と正面から向き合う生き物としての自覚をもった人間の強靭な意思を垣間見る思いがする歌でもある。

深夜妄語——14

〈1997年8月〉

先日の深夜、NHKテレビが、「わが心の旅」シリーズの一環として「トスカーナ・父と子のミケルアンヂェロ」という標題で、羽仁進氏がフィレンツェ市議事堂のまえに立つ《ダヴィデ》像をめぐる父・五郎氏の思いを語るという趣向で放映していた。

進氏によれば、父・五郎氏は生前まだ幼かった進氏の理解力などは無視して、かなり専門的・学問的な事柄を一方的に押しつけたり教えたりしようとして彼を当惑させ、それが父への反発の思いを心中に滞積させていたという。まるで違った分野の映画の世界にはいったのも、そうした父の在りようが作用していたとも思うが、今、フィレンツェを訪れ、父が傾倒していたミケルァンヂェロの《ダヴィデ》像の前に立つことで、父の思いを理解することができたように思う、という意味のことを言っていた。

進氏がフィレンツェに向かう列車の中で手にしていた赤版の岩波新書『ミケルアンヂェロ』は、私にとっても思い出深い書物のひとつであった。

羽仁五郎氏の記念碑的労作と言われている本書の初版は、一九三九年、この国に軍国主義の狂気が瀰漫していた時代に刊行されたものだが、著者の当時の時代の風潮に抗して昂然と自己の信条を主張しようとする気概とたかぶりが、父と子のこうした齟齬と軋轢にも具現したものであろうと思える。イタリア・ルネサンス期に共和制都市コムーネを築きあげたフィレンツェについての、著者のいわば気負ったような思い入れや、ルネサンスをになった先駆者が民衆に向かって情熱的に説いているような調子にもそれは窺うことができる。

この著の結びに、「かつてのフィレンツェ自由都市共和制の市民のかぞえかたによれば〈ダヴィデ起ってより〉、ミケルアンヂェロの言葉にいった〈十世紀も後に〉はまだなっていないのである」とあるが、父・五郎氏の志が、子の進氏にかたちは別にしても、〈十世紀も後〉どころか数十年を経た後に受け止められたことは、それとして慶賀すべきことであったと言えよう。

この羽仁五郎氏の『ミケルアンヂェロ』が、私にとっても印象深い記憶のある書物になったのは、書き出しの「ルネサンス」の章で、著者が、「ルネサンスの本質は封建専制に対する民衆の自由独立の実現の希望であった」と述べているのに出会った当時の私が、戦後の労働組合運動の高揚期に運動の末端で「純真」に活動に参加していたこともあって、心臓がゆさぶられたような感激を味わったせいであった。

当時の私は、西欧のキリスト教の歴史的経緯についてもほとんど無知であったし、イタリア・ルネサンスについてもほんの漠然とした「憧れ」みたいな感情しか持ち合わせていなかったので、著者の情熱的な展開におのずから魅せられていったものであった。著者と身近に接していた進氏の味わったような屈折とは、むろん無縁であった。若き日の私は、イタリア・ルネサンスとこれを代表するフィレンツェの在りようと、著者の描く展開を図式的にのみこんで勝手に興奮していたのであった。

とはいえ、二十世紀半ば近くになってもなお、フィレンツェ都市コムーネが到達した地点との遙かな隔たりと、あらたな専制の狂気に酔っていたこの国の現実は、著者にとっていらだたしい全力を傾けて告発すべき対象であったことは、たしかなことであった。「ダヴィデ」像をとおしての著者の自由への強い欲求は、人びとの中に強い生命力として今日も受け継がれているはずのものである。

著者のミケルアンヂェロの芸術への評価は、「屈従の手工芸から公共自由の芸術へ」という言葉に尽くされる。

「芸術家が、明朗の国家または社会の自由独立の意識ある市民また民衆のひとりであるか、または、自立ということばが反抗というようにひびきこえる耳をもった中世的支配者の下にゆたかな給与をもらって従属する者であるか、この両者のあいだには大きなちがいがある。自由なる民衆は、自発的に国家社会においてその最高の権威を愛し、それを正しくまもるために自発的に努力する。個人または各の人格が全体のために圧倒されてしまうのでなく、民衆のおのおのが一般の基礎の一部分としての自己を意識することができ、そうして一般のなかに自分の力を参加することができるとき、そこにはじめて自由について、また芸術についてかたることができる」という著者の言葉は、そのままにミケルアンヂェロの芸術への賛歌でもある。

封建領主制の下での権力者のための装飾や工芸技術は、「屈従の手工芸」でしかない。芸術は、自由な市民・民衆の意識や生活を反映してこそ、つまり「公共自由」のなかでこそ、その真の意味と価値が現れる、と本書の中で著者は熱烈に主張している。

旧約聖書にイェルサレム建国の英雄として描かれるダヴィデは、ミケルアンヂェロによって、自由共和制都市フィレンツェを侵害しようとする周辺封建領主や専制君主の攻撃を打ち払う市民の雄姿のシンボルとして塑彫された。著者は、ミケルアンヂェロが製作したダヴィデ像について言う。

「ミケルァンヂェロの〈ダヴィデ〉はドナテルロ*をはじめ、その他の同様の主題による作品のように足下にゴリアの醜怪の首をふまえていない。これによって見るひとの眼はゴリアの首と〈ダヴィデ〉の顔とにわかれてそそがれることなく、〈ダヴィデ〉の全裸身そしてその顔に集中されるばかりではない。ミケルアンヂェロにとって、けだし人類の敵また芸術の敵また公共自由の敵は一怪物ゴリアにとどまらず、たえずしのびよる機会をうかがう内外の政治的圧制として表現されねばならなかったのであろう。この〈ダヴィデ〉は解剖学的精密と古典的均整とに従いつつ、しかもあるいはあまりに全裸的な裸体であるともされ、またその体躯に青少年のすがたと成年のそれとを部分的に混合し、またあるいはその手は異常に大きく、そしてまた、上体をささえる下肢に不安定を感ぜしむるかのごときさえあるのは、原石の状態の事情また少年ダヴィデの伝説等によるよりは、フィレンツェ自由都市国家の永遠の純真としかしまたその勤労民衆の力強さと、その自由のわかわかしさとしかしその希望と、その動揺としかしその不屈と、これらこそがそのままミケルアンヂェロその人であり、またかれがそこに芸術的表現をあたえようとしたところのものであったからである」。

＊ドナテルロの製作したダヴィデ像は、一四三〇—三三年頃のものと言われている青銅像。頭に兜、右手に剣を持ち怪物ゴリアの首を左足で踏み敷いている裸像。バルジェロ美術館蔵。

冗長な引用になったが、「しかしまたその」と言った用語法に見られる、著者のミケルアンヂェロとダヴィデ像にたいする並大抵でない思い入れの強さを例示したかったためである。著者は、このダヴィデの大理石製の巨大な裸像がアトリエの中で私蔵されたのでも、装飾や威圧のために建てられたのでもなく、「他の何処でもなく実にただフィレンツェ自由都市共和制の最高政治機関たる議会の前面に、その民会の広場のまっただなかに、そのフィレンツェ自由都市共和制の純真の自由独立をうかがうあらゆる敵に対して裸身厳然として立っている」ことに、その芸術的価値の一半を求めているのである。

ちなみに、ミケルアンヂェロのダヴィデ像は、兜も剣も持たず右手に石を握りしめ、肩に石投げ器という革製の紐状のものを掛けて、全裸で立っている。

フィレンツェは中世イタリア都市のなかで、ヴェネチア、ジェノヴァと並んで地中海貿易の主体であった商業資本が達成した共和制都市国家であった。これらの都市は、「ヨーロッパの中で逸早く資本主義的な生産様式が早熟的に発達した国」であり、「おそらく中世とルネサンスのイタリア史を評価する最も正しい視点は、それをヨーロッパの『実験室』〈マルクス〉と捉える視点であろう」（『イタリア人民の歴史Ⅰ』G・プロカッチ著、斉藤泰弘・豊下楢彦訳、未來社）と言われている。

また、イタリア・ルネサンス期のフィレンツェのような「都市コムーネ（共同体）は自衛と権利獲得のための都市住民の私的な誓約団体から出発したと考えられている。それが都市領主（主として司教）の支配権に対抗して自己の権力を確立し、都市城壁内における裁判権や徴税権を獲得して公権力的な性格を帯びるにいたったのは、十一世紀末から十二世紀にかけてのことであった。北イタリアの諸都市が団結し皇帝フリードリッヒ一世バルバロッサと戦ったロンバルディア同盟と、その帰結としてのコンスタンツの和（一一八三年）はその総仕上げといえよう」（『岩波講座　世界歴史11』「イタリアにおけるルネサンス」清水廣一郎）と言われているような都市住民・商人たちの実力は、オリエントとヨーロッパ内陸を市場とした貿易と毛織物などを主とした手工業の発展によってもたらされた。

が、同時にこの都市コムーネは、上層市民と下層市民・労働者との利害の対立、メディチ家などに見られる上層市民の貴族化・専制君主化を終始内に孕み、後には、百年戦争と大航海時代に見られるような商業・生産活動の主軸の大西洋沿岸域ヨーロッパへの転移などによって、その遺産をフランス、イギリス、スペインなどに引継ぎつつ、十六世紀を限りに歴史の彼方に消えていくことになる。

ミケルアンヂェロが、一四七五年から、一五六四年までを生き、イタリア・ルネサンスの終焉期に眩いばかりの光彩を放った偉大な芸術家であったことはいうまでもない。

羽仁進氏は、「六千有余年を、何度も挫折し、迷いながら、生き抜いてきた人間のエネルギー」の軌跡としての「歴史は、欲望と正義の織りなす不思議な織物のようだ」（『羽仁進の世界歴史物語』小学館）と言う。イタリア・ルネサンスについての父・五郎氏の全身的とも言える傾倒と対照的な、進氏の相対的で冷静な歴史観には、この間の歴史学の進展とも深く関わるものがあろうと思う。そのうえで彼が「私の娘が、小学校四年で学校をやめた時、私が彼女にほどこした教育の基本は歴史でした。人間の歴史は、ぜひ学んでほしい、と願ったのです」と述べているのは、正鵠を得たものと言えよう。

堀田善衞は「ルネサンス・ローマは血のなかに失われた」と言ったが、人間の欲望と愚行、正義と知恵は歴史の推進力のための燃料たる地位をまだ失っていないようである。

〈1997年10月〉

深夜妄語——15

JR目黒駅西口の前の通りを隔てて右手に、久米ビルがある。下の階に銀行の支店があるので、ちょっと見ただけではそれと気付かないが、視線を上にあげてみると、久米美術館という表示があるのが目にはいる。

久米は、『米欧回覧実記』の編著者、久米邦武である。『米欧回覧実記』を完成した功績によって彼は、一八七八（明治十一）年に五百円の賞金を得た。当時の五百円はたいそうな額であったようで、現在この美術館のある目黒駅周辺の土地五千余坪をこれで購入した。西南戦争後のインフレに目減りを防ぐということと、富士が好きであった邦武は「実収は少ないが富嶽の眺望が楽しめる」という理由で、「林間の山荘」にこの土地をしつらえたかったそうである。しかし、母親と妻が相前後して他界したことから、この地を終の棲家としたという(加瀬正一「久米邦武とその周辺」。『歴史家・久米邦武』、久米美術館刊図録)。美術館を設立したのは、邦武の息子である美術家久米桂一郎である。

先日、この久米美術館で『米欧回覧実記』を書いた邦武のメモや下書き原稿、彼の遺品などを展示した企画展が催されているのを見てきた。夏休みに子供たちを対象にした企画展であったが、邦武が欧米回歴中に見聞した様々な事象を、手近な紙に毛筆やエンピツなどでびっしりと書き留めていた様子が窺えて興味深いものがあった。

『岩倉使節団「米欧回覧実記」』(岩波現代文庫)の著者田中彰氏が、前出の図録『歴史家・久米邦武』のなかで書いている「『米欧回覧実記』の成稿過程」につぎのような一節がある。

そもそもこの使節団の派遣計画の発想は、新政府のお雇い外国人でもあったオランダ系アメリカ人フルベッキ(一八三〇〜一八九八)の「ブリーフ・スケッチ」の示唆を受け、それとの関連で大隈使節団から岩倉使節団へと変貌していったという経過は、『岩倉使節団の研究』(大久保利謙編、宗高書房、一九七六年、筆者註)に詳しい。そのフルベッキが使節団出発前に密かに提出したと思われる「米人フルベッキより内々差出候書」という注目すべき史料が、木戸家文書中の木戸孝允関係文書の中にある（国立歴史民俗博物館蔵）。それによれば、「大使一行の回歴シタル顚末ヲ著述スル法」として、その冒頭に、政府が「此国ヲ開キ且其民ヲシテ宇内現今ノ形勢ヲ明瞭ニ暁通セシメント欲スル」ためには、大使の帰国をまって、「其経歴シタル所ノ利益トナルヘキ種々ノ事実ト有名ナル回歴家ノ研究セシ有用ノ結果ヲ著述スルヲ以テ第一義トナスベシ」といい、それはヨーロッパ各国が使節派遣をした際には必ずとる方法である、と述べ、「故ニ往々使節ノ随員中ニ記者工師ヲ加ヘタルハ特ニ此著述ノ編輯セシメンガ為ナリ」とうたっているのである。そして、この著述によってえられる「利益」の第一は、使節団のえたところの知識は人民の啓発に大いに役立ち、「大使一行ノ官員ニ於テ其実践スル所ノ効験ヲ国民ニ分賜スル道理」となるのである、という。第二には、こうした著述は政府と人民との相互の信頼感を高めることになり、第三には、「欧米各国ノ帝王ニ於テ、天皇ノ使臣ヲ寵待シタル儀礼ノ厚キコトヲ人民ニ表示シテ以テ政府内外ノ威望ヲ高クスベシ」と述べている。

岩倉使節団の欧米派遣については、一、幕末以降の条約締盟各国への国書の捧呈。二、条約改正の予備交渉。三、各国の近代的な制度、文物の調査・研究（前出、田中彰）、という新政府の切実な必要があったことは当然であるが、前二項目については、ほとんどその目的は果たせず最後の項目だけはそれなりの成果を挙げることができたわけだが、その陰には、方法論についてのフルベッキの適切な助言が大いに作用していたというわけである。

フルベッキも、外交交渉の方法論などは助言しなかったのかもしれないし、なによりも、当時の新政府が、この国をどのような国家として措定するかについて確かな方針がないままに、ただ条約が不平等だというだけで、外交交渉が成り立つはずがない。外交交渉の際に必要なのは、双方の基本的立場の相互確認と認知であろう。お互いに、自国の政治体制と相手国との交流の可能性を、相互に理解・認知しあわなければ交渉そのものが成立し得ないことは明白である。あれこれの交渉技術以前の問題である。

余談になるが、近頃日米安保条約といわゆるガイドラインの改訂交渉が話題になっている。アメリカのアジア各地への軍事的介入に日本が自動的に引き込まれるような仕組みが合意されているという。この国に、アジア諸国とどのような関係を結ぶかという確たる外交方針があれば、アメリカの国益や方針に自動的に追随するというような立場は、考えられないはずのものである。みずからの外交方針・国益を侵害することになるこうした合意が、いとも易々と――実際、外務大臣と防衛長官は、満面の笑みを浮かべてアメリカの国務長官・

国防長官と握手をしていた――成立するのを見ていると、かつての岩倉使節団の「外交交渉」を思い浮かべずにはいられない。この国の政府には、百余年来、他国との交渉にあたって、外交上のアンデンティティとでもいうべきものを確立しようという意欲がほとんど見られないように思える。これは国内の政治での政治権力と国民との関わりにも言えることだが、他者を他者として理解・認知するという市民的思考の訓練に欠けるものがあるのであろう。

したがって、恫喝か追随か、そのためのあれこれの権謀術数がこの国の外交の主題になっているといっても過言でないように思える。外交文書の日本語と外国語との間にある概念や表現の乖離がしばしば問題になるが、これもこうした市民的他者意識の欠如の帰結としてのものであろう。

こうしたことを考えて見ると、『米欧回覧実記』はフルベッキの助言を得て出来たものとはいえ、他者を他者として理解・認知しようと努めた（後の政治的経緯を別にして）、この国の政治レベルの対外認識の在り方としては希少なものということができる。フルベッキは、前記したような「回歴シタル顚末ヲ著述スル」目的とともにその具体的な方法を十項目にわけて詳細に指示している。

これは『米欧回覧実記』の、いわば報告編纂要領として『実記』の内容に忠実に生かされ、反映している。やや煩瑣になるが、前出の田中氏の文からそれを抄出してみよう。

一、特別の許可がない限り、大使一行の人員中の一人が著述したり、個人的に出版してはならない。二、使節団の各人は読んだり見聞したりした「要用タルコト」を筆記し、また、あとの「編輯」の便のために、地名と日時を記し、その「記者」の名を書いておく必要がある。三、「人民」を啓発し、また「利益」になる「所要ノ公書表記及ビ地図類」はひとつでも遺してはならない。四、「毎員旅行間断ナク、且使節皈帰ノ上ニテ此類ノ筆記官ノ一員ニ付与スベシ」。五、使節は帰国の上、「老練ノ記者」に命じて「公書筆記」を「採庶」「取捨」して、「一体全備ノ記誌」を「編輯」すべきである。それは日月の順序を追った形で「編輯」し、あるいは「毎章毎回ヲ限リテ以テ一事ヲ誌シ、附録ニ公書表記等ヲ加フベシ」。六、これを「編輯」する「記者」は、大使随行の人であろうとなかろうと、各人の筆記中に疑問があったり、または注釈の必要があるときには、「筆記ノ者」を呼出して問いただすことができるようにする必要がある。七、外国の文書類を翻訳するためには、適当な訳官を命じて「記者」を助け、また、「画図アル所ハ画工ヲモ加フベシ」。八、「此著述ノ文体ハ宣ク風味アリテ清麗ナルヲ要ス、且文章ノ尽サヽル所ハ画図アリテ之ヲ補フベシ」。順序これを刊行するが、その値段は安くして、「貧民ト雖モ之ヲ購ルニ難カラズ、只流布ノ衆多ナルヲ旨トスベシ」九、使節一行が経験したことでもまったく「公事」に属して「人民ニ益ナキモノ」は載せなくてよい。したがって、一行の長たる者か、あるいは誰かに命じて総裁たらしめたときは、刊行以前に「改正」してその点を「取捨」すべきである。十、「各国ヲ経歴スル間ニ実践シテ以テ利益トナルベキ件々大抵左ノ如シ」。

一読して分かるように、フルベッキはまさに手とり足とりといった態で、使節団の帰国後に刊行されるはずの『実記』の編集と訪問する現地での見聞記録の仕方などを、事細かに指示している。

このフルベッキの指示を忠実に実践したのが、あるいは実践する能力を具備していたのが久米邦武であった。

かつて筆者は、明治初年のお雇い外国人の業績について取材したことがあるが、彼らの知識や能力は、それを実際の仕事に具体化した日本人技術者や知識人の能力とあいまって実現したものであった。

佐賀藩士であった邦武も、武家の必須教養として四書五経など儒書に親むことから勉学をはじめているが、父・邦郷は「藩の蔵方を勤め」ていたことから、「算法は賤しいもの」と軽視されていた風潮に抗して、「算法を知らずしてどうして生計が維持できるか」といって彼にその重要性を説いたという。実学を重視した佐賀藩の在りように影響を受けた邦武は、西欧回歴の体験をふまえて、『大日本史』や『太平記』などが史実にないことを記述しているのを発見し、「勧懲の旧習を洗ふて歴史を見よ」、「神道は祭天の古俗」などの歴史論を著し、歴史家としての基礎を築いたと言われている。他者を他者として的確に観察して描かれた『米欧回覧実記』は、当時の日本にとっての百科全書としての意味を提示したが、邦武のこうした資質に負うところも少なくない。学問好きの父から「腐儒」になるな、と諭されたという邦武の名分や建前を排する合理的な思考方法は、西欧近代の現実にふれて一気に飛躍的な開眼をみたと言えよう。

が、他方、西欧近代の物質的所産の移植に急であった岩倉やその後のこの国の支配層は、サンフランシスコ到着直後「米国ハ民主ノ国ニテ、礼数儀式ニ簡ナリ」と嘆声を発しながらも、その物質的優位をこの国の人民とアジア諸国を蹂躙する道程に費やした。日本の近代とその思想の在りようが、改めて問われる所以である。

深夜妄語——16

〈1997年12月〉

歴史の位相のなかには時代を超えて相似たような現象が現れるもののようである。

前回、筆者は、『米欧回覧実記』の編著者久米邦武の周辺についてごく粗い素描を試みたが、その過程で閲覧したいくつかの久米の著書に興味を魅かれて読みすすんでいるところである。なかでも『久米博士九十年回顧録』(宗高書房)や『久米邦武歴史著作集』(全五巻、吉川弘文館)は大部な本で、前者の『回顧録』は、A5判の上・下巻で、一、三〇〇頁余もあり、一八三九(天保十)年生まれの彼が自家の出自や主家である佐賀・鍋島家の起源から、米欧回歴を終えた一八七七(明治十)年頃までの見聞、体験を述べているものである。この『回顧録』の刊行された経緯は、一九二八(昭和三)年、「博士九旬の壽に当」って「世嗣桂一郎氏等近親の間に、之を祝賀する意味で、その傳記を作つて知人に頒たんとの議が起つたが、なまじひの傳記よりも、老いて益々盛な博士の述懐を記録して出版する方が、却つて興味も多かろうし、利益する所も少なくなかろうとて此の回顧録を編輯する事となつた」（同・緒言）というものである。

久米はこの企画におおいに力を入れ、口述したものに自ら手を加えたりしていたが、完成をみることなく一九三一（昭和六）年二月流行性感冒のために九十三歳で死去したのである。『回顧録』は、彼が体験した、幕末から明治にかけての波瀾に富んだ様々な事件を、独自な視点から観察しているところに、歴史書とは一味異なった趣があって興味深いものがある。

久米は、主君であった鍋島斉正（のち直正・閑叟）に傾倒していただけに、この動乱期に処する態度には両者ともよく似たところがあったようである。彼が岩倉使節団の一員に加えられたのも、閑叟の推薦によるものであった。閑叟は長崎警備を担当していたことから西欧文明に対する知見を深め、対外対処の方法としても他に先じて近代的装備をもった軍備（洋式軍艦の購入や砲台の装備）を着々とすすめ、他方、薩・長雄藩などの積極的な討幕活動に比して消極的で、いわゆる公武合体派の中軸として活動し、直情・狂信的な攘夷・討幕の潮流に組しようとはしなかった。

久米も鳥羽・伏見の衝突によって勝利した薩・長勢力が具体的で確かな政治的展望を確立することよりも、目前の戦術的布陣のあれこれに忙殺されているのを冷静に批判したり、江藤新平や島義勇が「佐賀の乱」を起こしたことついて「佐賀亂に於ける兩氏の行動は、後輩より見ると、餘にも無為無策と思はれる。必竟は感情の激発が明知を掩うたと謂ふべきであらうか。政争には英傑と雖、児戯に類した行為があるが、兩氏の事は殊に此の歎を深くするものがある」(『回顧録』)と冷ややかに述べてもいる。

幕末から明治にかけての歴史的事件を、久米邦武の視点や資質などをとおして思い巡らせているさなかに、元『ニャンザン』副編集長であったタイン・ティンが書いた『ベトナム革命の内幕』(めこん)という本が出た。原題は『雪割り草』である。著者は「雪の中から顔を出す真っ白な雪割り草は、凍てついた土の中で培われた不滅の生命力、自由への渇望のシンボルである。……白い雪を割って咲き乱れる無数の花は、冬の終わりを高らかに歌い上げる」と、原題の含意するものを示唆している。

久米は幕末から明治初期にかけての政権の主導権をめぐる抗争について、「英傑と雖、児戯に類した行為がある」といっていたが、この元ニャンザン副編集長の著書で見る限りでは、三十余年に及ぶ抗仏・抗米戦争に勝利したあとのベトナム共産党政府の硬直した教条主義とこれに起因する愚行にもその言は当てはまるようである。

著書によれば、ベトナムの共産党指導者は抗仏・抗米戦争に勝利したことで得た自信が、戦後の国家経営と世界の大勢を合理的に認識する目を曇らせ、一党支配と民主集中制を固守した旧態依然たる支配体制で、国民の民主的権利を抑圧し、賄賂や恣意的人事が横行するなど末期的症状を呈しているという。こうした現状に対して著者は、複数政党制や多元的民主主義、資本主義諸国をも含めた広範な国際協調の要求などを含む「一市民の提言」という党改革のための文書を発表するが、結果は党を除名され職を剥奪されてしまったのである。

著者は一九二七年生まれというから、今年七十歳、現在パリに在住している。十九歳でベトナム共産党に入党したベテランの幹部党員であり、この間抗仏・抗米戦争に従軍し、実際にホー・チ・ミン・ルートなどジャングルでの戦闘にも参加して、大佐に昇進した。軍歴の途中で報道部に移り、『ニャンザン』の副編集長に就任したのである。父は一九二七年にスァン・チュオンという地方の府知事を務めた人で、府の正門に「訴状を提出する者が貢ぎ物を持ってこの門をくぐることは許されない」という掲示板を掲げたほどの人だった。抗仏戦争中はホー・チ・ミンとも親密な交際があったが、「八月革命後の一九四五年九月」にホー・チ・ミンから「才能と徳性を備えた清廉な人物」であるとして国事に参画するよう招聘されるが、「二君に仕えぬ」という儒学者らしい名分を固守して二度までは断るが、三度要請を受けてホー・チ・ミンのもとで政治に参与したという。

こうした出自からして著者は、名門の末裔とでもいうべき人物である。彼の「一市民の提言」のなかにも、「民俗の淳風美俗」とか「精神的価値」、「古来の道徳」といった言葉が出てくる。ベトナム共産党の腐敗・堕落による民族的凋落を救おうとする意思から出てきた言葉であることは理解できるにしても、やはり彼の出自から滲み出たものがあるように思える。巻末の「訳者あとがき」で、「著者には知育を偏重する傾向があり、学校教育を受けていない人間に対する潜在的な不信が散見され、農民に対する差別的な表現も登場する」と指摘されている。行文の中に、無学で世界の大勢に疎いくせに教条主義的で賄賂ばかり求める共産党幹部にたいする告発があるが、著者のこうした党幹部への不信感もその中に含まれていることを勘案すると、学校教育を受けていない者にたいしての「潜在的な不信」は、訳者のいうような一般的・普遍的なものとばかりは言えないようにも思える。が、出自からくる「知育偏重」の傾向は否めないようである。

それは措くとして、三十余年にも及ぶ民族の総力を挙げての戦争に勝利した自信が、かえって戦後の国家経営と世界の情勢認識を非現実的なものにし、それが民衆に有害な作用を及ぼすという図式は、何ともやりきれない心持ちがする。著者も指摘しているように、困難な戦争に勝利した指導者の自信が、やがて傲慢になって民衆を無視したり、愚民視したりするようになるのは、彼らの手前勝手な自惚れ以外のなにものでもないからである。

マルクス・レーニン主義や中国、ソ連の政治的方針を絶対化する教条主義が、彼らの愚行を正当化していることは、単なる愚行や自惚れでは済まない犯罪的な行為であるという著者の見地は、この間の諸々の社会主義国の崩壊過程からしても説得力がある。著者は「自分の国が今どんな立場、どの時点にいて、どんな環境にあるのか、どの方向に向かっているのか、勇敢かつ聡明に現実を直視しなければならない」として、ベトナム共産党の幹部が教条主義と保身に毒されて「勇敢かつ聡明に現実を直視」することができなくなっているという。その結果「プロレタリアの生活は旧制度の時代よりずっと貧しく惨め」な状態にあり、「ベトナムには、失って困るほどの社会主義など、もともとないのだ。社会主義の後退だと言われるほど社会主義が発達したためしもない」と著者は現在のベトナムの実態を述べている。

本書の「歴史の再評価」の章で著者は、故ホー・チ・ミン首席をはじめレ・ズアン、チュオン・チン、ファン・ヴァン・ドン、グエン・ヴァン・リン、ヴォー・グエン・ザップ、レ・ドゥック・トといった主要なベトナム共産党幹部たちが、「今のような深刻な混乱状態に」なった主たる責任者であることを具体的に述べている。

故ホー・チ・ミン首席についてはほぼ尊敬に値する人物ではあったが、農地改革に伴う人民裁判で一万人以上の人々が銃殺刑に処せられたのは、ホー・チ・ミンが中国人顧問の方針に盲目的にしたがった卑屈な態度から引き起こされたものであり、さらには、ユーゴスラビアのチトーを「ソ連の見方に従って」「痛烈に罵る文を書き」「彼を修正主義の親玉、裏切り者と決めつけ」るなど、中国やソ連に盲従し「政治に関する首席の冴えたセンスは、残念ながら一貫していなかった」としている。

「自己満足が過ぎて傲慢で主観的」になったレ・ズアン、「ドイ・モイ」をソ連から導入して威信を確立したチュオン・チンも、晩年はバオ・ダイ皇帝とナム・フオン皇后の使った寝室で悦に入っていたという話、ベトナム共産党第六回大会を、自己中心的な人事で取り仕切ったレ・ドゥック・トなどが著者によって告発されている。

「ドイ・モイ」によって外国資本などの流入が図られたベトナムだが、経済の発展による貧困からの脱出と、民主的諸権利の獲得を求める民衆の意志を、公正に反映していく政治体制が選挙を含む民意によって組織されるのではなく、一党専制の共産党の意志を体現した政府によって運営される限り、民衆はその政治的チェック装置から疎外され、党と政府の恣意的支配のもとに抑圧されることになるのは、これまでの諸々の社会主義国の実体が明示してきたとおりである。「民主集中制」なるものが、民衆の政治的チェック装置に代替しうるものでないことは今日では明白である。多元的な複数政党による民主主義政治を求める著者の立場は、ベトナムの現実からしても正当なものであろう。

ただ著者の視点の中に、欧米や日本の資本主義体制、とりわけ現代の「テクノロジーに対する憧憬はあまりにもナイーブで、無防備な」(「訳者あとがき」)ところも見受けられる。我々の国にもかつてあった西欧崇拝に似たものが、ジャーナリストとして外国経験の豊富な著者を侵しているもののようである。

国境・人種を超えた豊かな共存、地球的規模での自然と人間の共生は、今日では体制の如何を超えた切実な人類的課題である。この立場から、著者の「提言」がさらに前進することを期待したい。

久米邦武は、一九二〇(大正九)年に「西洋物質科学の行詰り」と題した一文で、「天下は自ら無事庸人之を乱る」という古語を引いて、あれこれの局所を問題にするだけでなく自然をもふめた地球的規模でものを考えることを提唱していた。現代はそれが切実になった時代である。

深夜妄語——17

〈1998年2月〉

網野善彦氏の『日本社会の歴史』上・中・下巻（岩波新書）が昨年末に完結して刊行された。各巻併せて六〇〇頁ほどの本書は、「『日本国』の歴史でもないし、『日本人』の歴史でもない」、「日本列島における人間社会の歴史」（本書・「はじめに」）であるという観点から叙述されたものである。

著者のこの見地には、「明治以降の政府が国家的教育を通じて人民に刷りこんだ」日本像の非歴史的な歪みや、多大な学問的業績をとおして日本歴史に新しい光をあてながらも「山民、アイヌを切り落とした」柳田国男や「帝国主義的な他民族抑圧には全く沈黙」した津田左右吉にみられる弱点、さらにはマルクス主義史学にみられる「公式的な発展段階説」に依存した弱点などが、「『日本』それ自体を真につき放して対象化し切る視点を欠き、これを孤立した『島国』と見て、弥生時代以降の列島社会の歴史をもっぱら水田を中心とした農業生産力の発展を軸にとらえるような、主として明治以降に形成されてきた『常識』から完全に脱することができなかった」、この国の歴史学のありようについての強い批判がある。

このような著者の見地は、近来、歴史学の方法として、歴史的事実を多地域・多国間にわたって同時的、空間的にとらえようとする立場とも共通するものであろう。昨秋から刊行がはじまった『岩波講座　世界歴史』も「環大西洋革命」とか「中央ユーラシアの統合」といった表題にも見られるように、従来の国別の歴史を総合して世界史とするような方法からは脱却している。航空機の発達・普及やコンピュータによる地球的規模での情報交換が瞬時にできるようになった現代は、歴史を見る眼も必然的に地域や国境を超えて視野を広げることが求められているし、そうした見地からこそ歴史的事実を「真につき放して対象化する視点」が得られるものであろう。著者が、これまでの日本史が「はじめに日本人ありき」という前提から出発しているためにその「歴史像があいまい」になり、「われわれ自身の自己認識を、非常に不鮮明なものにしてきた」と指摘しているのも、歴史を同時的、空間的に見ようとする立場から得られたものといえよう。

上巻の冒頭に掲げられた「環日本海諸国図」は、大陸側から日本海と日本列島を鳥瞰したものである。約二百万年前の新生代第四紀洪積世から約一万年前、氷河期後の石器時代の開始にかけての大陸と列島との「海進」と「海退」に伴う動物や植物、人間の生態や移動、土器の出現した縄文期における大陸と列島の間の漁労や狩猟、採集にともなう陸・海両道の交通と生活・文化の相互交流、列島の自然条件に制約された生産・生活様式の差異がそれぞれの地域間の個性を具現し、それが列島の西部と東部に「西の弥生、東の縄文」といわれるような差異をもたらし、その差異はまた大陸や朝鮮半島、南アジアなどとの人的・物的交流によってさらに複雑に形成されていった経緯を著者は実証的に指摘している。「『日本』や『日本人』が問題になりうるのは、列島西部、現在の近畿から北九州にいたる地域を基盤に列島に確立されつつあった本格的な国家が、国号を『日本』と定めた七世紀末以降のことである」とする著者は、この時代にも列島各地に独自の生活・文化を保持して存在していた多様な集団があり、近畿から北九州を基盤とした「日本国」は、古代小帝国として列島の一部に存在していたにすぎないとしている。

著者が重視しているのは、この古代小帝国（いわゆる古墳時代から九世紀にかけての王朝）をはじめ、列島各地の集団がそれぞれに独自な交易活動を展開するなかで大陸や朝鮮半島の政治動向や南アジアをふくむ文化などに人的融合をも含めて大きく影響をうけていた事実についてである。日本の古代小帝国が、遣隋使や遣唐使を派遣したことはよく知られたことだが、大陸・朝鮮などの先進文化との交易・交流は列島の他の集団でもそれぞれに独自に行われ、これが後の東国国家（武家政権）との主導権争覇や琉球国、あるいはアイヌによる勢力圏の形成として具体化していることを指摘しているのである。つまり、列島の政治的権力や地域的覇権の盛衰、ひいては『百姓』つまりさまざまな生業によって生きている平民たちもまた、列島のなかで自己完結的に生きていたのではなく、東アジア全体の動態に敏感に連動しながら展開していることを指摘しているのである。上巻冒頭の「環日本海諸国図」は、この列島の「社会の歴史」を著者のような視点で展望するとき、実にリアルな歴史的想像力を喚起してくれるものになっていると思える。

日本の歴史を専ら水田耕作を営む「農人」・田畠の支配をめぐる歴史として一面化するような観点は、時代を超えて、とりわけそれぞれの時代の支配層のなかに抜き難く存在していたことも確かなことであった。著者は十四世紀中葉の東国王権・鎌倉幕府を西国王権・京都王朝との争覇・確執、さらにはそれぞれの王権内部での確執・抗争の要因に「荘園・公領における農業や、田畠の所領を基盤として、撫民による政道にもとづく政治を理想とする農本主義的路線と、神人・供御人をはじめとする商工業者に依拠し、銭貨を蓄積して富を増すことを積極的に肯定する重商主義的路線の対立があり、さらには、得体の知れない度の外れた行為や殺傷をはじめ社会の日常的な均衡を破るものを『悪』、穢れとして排除しようとする動きと、そこにむしろ未開な野生にもつながる聖なるものの力を見出し肯定しようとする動きとの対立」が潜在していることを指摘している。このような農・商・聖・俗の社会的基盤を取り込み支配の基軸にしようとした王権・豪族相互の争覇はそれぞれの権力内部の抗争にも具現していることを著者は明らかにしている。

列島相互の、あるいは列島と大陸、半島の間の交通と交易による人的物的交流の発展は王権内外の実力者・豪族、寺社勢力など諸地域集団の個性と実質を強め、その地域・実力者とその富を、どちらがどのように自らの勢力圏に取り込むかに東西王権の生死がかかっていたのであった。

農本主義的撫民路線は、おおむね覇権の安定をみた政権がその安定の維持のためにとる方法ではあるが、社会的に商工業者が大きな力を得てきた段階にいたると政権の側は重商主義的路線をとり、ときには「悪党」、遊行僧、「乞食」といわれていた非定住民とかれらの商業的利権を取り込んで覇権の基盤とする志向も出てきているのである。天皇・後醍醐による西国王権奪回の試みもこうした手法によるものであった。

著者も指摘しているように、東国武士を主体とした東国王権と貴族らを主体とした西国王朝の鎌倉期における争覇・抗争はモンゴル・元の侵攻という危機を契機にして、異国との戦争という非常事態を利用した東国王権が「兵粮の輸送の妨げになる西国の関所を撤廃、西国の交通路に対する支配権を王朝から奪取」したことで東国がその覇権の比重を圧倒的に手中にし、後の王朝の分裂を誘発したものであった。この十四世紀中葉の鎌倉期は、その後の日本の歴史動向を画する、大きな転換期であったといえよう。

東国王権にやみくもに対抗して覇権を握ろうとする後醍醐を批判したという花園天皇は甥の皇太子量仁《かず》（のちの光厳天皇）に、「わが朝は皇胤が一統だから異姓に簒奪されることはない」などという考えがまったく誤りであることを強調し、「君主に徳がなければ大乱は数年の後におこり、」天皇家は「土崩瓦解」するだろうと警告したという。著者は、「これは天皇家が古代以来、きわめて注意深く避けていた革命思想そのものであり、天皇家の危機感はそこまで深刻になっていたのである」と述べている。北畠親房らの『神皇正統記』などによる主張が行われるなかで、大陸伝来の儒教における易姓革命思想がまだ日本的にアレンジされずに、その輸入当事者にとっての危機感のなかで受け止められていたことが分かる興味深いエピソードである。

鎌倉仏教と旧来の鎮護国家を旨とした王朝仏教の相互の相剋、『立正安国論』を著して他国の侵略を予言した日蓮の知見の基礎に、対大陸交易商人らとの交流を裏付ける情報網の存在していたこと、祈禱による神仏の加護によって外敵を撃破できたとする大寺社勢力と偶然の台風の襲来を奇貨とした神国思想の台頭、そうした文脈のなかで既成の大寺社による日蓮ら遊行僧への弾圧、他方、こうした激動のなかでも着実に発展していく神人、供御人や禅律僧、女性を含む商工民、芸能民の市庭、回船などによる商品・金融流通経済の発展などが、東西王権の相剋をそれぞれに規制しながら展開していくこの時代の様相は、幾多の曲折を経ながら近世封建体制を確立した江戸幕府の時代へと収斂していく。

江戸幕府は農本主義的撫民策を貫徹し、「名」を排して「分」を重視した日本化した儒教イデオロギーで補強することで成り立っていたが、田沼意次と松平定信の対立抗争、さらには幕末期の尊攘討幕・開国をめぐる幕藩体制の危機とその対処方法の中にもこれまでの農本・重商二様の確執が底流していたことは、体制危機感のイデオロギー的発現としての天保水戸学などに如実にみられ、これが明治政府の「教育勅語」や近代天皇制イデオロギーに接続されている。

ともあれ、著者の展開してきた日本列島における大陸との交流を含む多様な個性・在りようが、西欧におけるような都市や市民、近代国民国家の形成にいたる萌芽を内包しながら、それが実現しなかったという歴史的な課題とその条件の解明は、これまでに見てきたような列島社会の歴史的内実をいっそう精緻に分析していくことをとおして得られるものなのであろうと思える。

著者は、江戸時代中期から現在までの歴史を「展望」として述べるにとどめているが、その理由を巻末の「むすびにかえて」で、『日本通史』ならば最も大切であるはずの江戸時代中期以降、現在までの歴史を叙述しなければならないが、その作業は「現在の私には到底不可能」だとし、「『百姓』の中には田畠の耕作を主たる生業とする『農人』以外の、多様な生業に従事する人々がかなりの比重で含まれて」いたにも拘わらず、「明治政府が『百姓』をすべて『農民』と扱った」ことで「江戸時代以降の歴史・社会の実態」の解明を不十分なものにした歴史的課題の解明とこれに立ち向かうことを避けてきた「通説」への批判を挙げている。

西欧の都市や市民の形成に似た要因を含みながら、それが発達しなかった事情に日本化した儒教イデオロギーと農本主義的撫民策が作動していたことも考えられるが、この辺の事情についても著者を含む歴史学のいっそうの深化がのぞまれる。

深夜妄語——18

〈1998年4月〉

池袋の東京芸術劇場で上演された『富永仲基異聞——消えた版木』を観た。この戯曲の草稿（かもがわ出版）は、評論・小説などをとおして現代日本の文化のありように明晰で鋭利な提言をしている加藤周一氏の手になるもので、氏の初めての書き下ろし戯曲である。

一七一五（正徳五）年に、大阪の大商人で、懐徳堂創立の五同志の一人であった道明寺屋富永芳春の三男として生れ、三十一歳で夭折した富永仲基という学者の周辺を描いた芝居であり、これまでもひろく世に知られていたとは言い難い人物が主人公であってみれば、観客は思うように集まって来ないのではないかと余計なことを心配していた。チケットを求めた節も、窓口で簡単に入手できただけに、筆者のこの心掛かりは的中したかに思えた。が、劇場に入ってみると、意外や、ほぼ満席の状態であった。この戯曲の性格からか、男の観客が比較的多かったことも、近頃ではついぞ見かけることのなかった、存外な光景であった。そのせいか、座席の周辺でカサコソと紙袋やポリ袋を掻きまわす音を聞かずに過ごせたのも、芝居見物では久しぶりのことである。

余事はさておき、舞台は作者の加藤氏に似せた人形と本居宣長（森三平太）が、仲基の書いた『出定後語《しゅつじょうこうご》』や『翁の文《おきなのふみ》』をめぐってユーモラスな対話をするプロローグから始まる。第一幕は、道明寺屋富永芳春・三星屋中村睦峰・船橋屋長崎克之・備前屋吉田可久・鴻池屋山中宗古ら大阪町人五同志の出資で創設された講学施設「懐徳堂」の室内。初代塾長である三宅石庵（村田吉次郎）が、仲基（嵐圭史）にたいして彼の書いた『説蔽《せっぺい》』を非難し、この書の上梓を禁じて「懐徳堂」を破門するという場面である。石庵の言い分は、『説蔽』が「懐徳堂」創立者のひとりでもある父を裏切り、師である石庵を裏切るだけでなく、聖賢の教えを否み、世間に大害を及ぼし、親に孝、君に忠、業にはげむ商人の道を否定するものだ、という。仲基はこれにたいして『説蔽』は聖賢の教えを否定するものではなく、各々の異なる学説の間にどういう関係があるのか、どうしてそうした異なる学説が成り立っているのかを明らかにするのが学問本来の姿であり、それを私は「加上《かじょう》」という概念で明らかにしようとしたのだ、と抗弁する。作者はこの場面で、三宅石庵が仲基を指弾するセリフをとおして、仲基の学問・思想の核心にある「加上」という概念を簡明に要約してみせてくれる。

お前（仲基・筆者註）は『説蔽』のなかで、孔子も孟子も「加上」を説いたにすぎないという。「加上」とは先人の説の上に新説を加えることだ。人の性は悪なりという説があれば、孟子がその上に人の性は善なりという新説を加える。孟子の性善説に加上すれば、性は善に非ず悪に非ずの説となる。性は悪なりや、善なりや、それとも非善非悪なりやをお前は問わない。いずれも時と共に移る一時の仮りの異説にすぎない。一体お前は『孟子』から何を学んだのか。『孟子』から何も学ばず、孟子の性善の説をふまえて朱子の築いた性理学からも何も学ぶところがない。加上の説は孔子にもさかのぼるから、お前にとっては『論語』も加上の一説にすぎぬ。かくてお前は父に逆らい、師にもとり、聖賢の道を否定する。何たる誤り、何たる倨傲か。徳川吉宗治下の江戸幕府が儒学的秩序をとおして幕藩体制を再構築しようとする政策から、江戸・湯島に昌平黌を設立し各藩に藩校を設置させるなかで、藩制のない大阪で町人の出資によって設立された「懐徳堂」を官許に準ずるものとして支援した。仲基の『説蔽』をはじめ『出定後語』『翁の文』で展開された主張は、幕藩体制のイデオロギー的支柱としての儒学をそれとして受け入れた「懐徳堂」にとっては、死命を制せられるような危険なものとして受け止められたことはたしかなことであったであろう。儒学的秩序そのものが、「一時の仮りの異説」に依拠したものとなれば、幕藩体制のイデオロギー的支柱はあえなく崩落してしまうことになる。仲基は儒だけではなく、仏、神をふくめた三教にもこの加上概念をとおして検討を加え批判し、「くせ」という考え方をとおして次のように言っている。「仏道のくせは幻術なり。幻術は今の飯縄《いいな》の事なり。天竺はこれを好む国にて、道を説き人を教ゆるにも、これをまじえて道びかざれば人も信じてしたがわず。……」といい、また「儒道のくせは文辞なり。文辞とはいまの辯舌なり。漢はこれを好む国にて、道を説き人を導くにも、是れを上手にせざれば信じて従ふものなし。……」。さらに「神道のくせは神秘・秘傳・傳授にて、只物をかくすがそのくせなり。凡そかくすという事は偽盗《いつわりぬすみ》のその本にて、幻術や文辞は見ても面白く、聞きても聞きごとにて、ゆるさるゝところもあれど、ひとり是のくせのみ、甚だ劣れりといふべし」

（『翁の文』日本哲学思想全書、第八巻、宗教論一般篇、平凡社・一九五五年）

と、たいへん手厳しい。ちなみに「飯縄」はこの全書の註によれば、「信州戸隠山の飯縄の神に起る。狐を使う妖術だといわれている」とある。

余談になるが、四十余年ほども前の若き日に筆者は、この全書の仏教編で仲基の『出定後語』にお目にかかった。原文は漢文で書かれたものだが、この全書では和訳したものであった。後に出た『日本思想大系43　富永仲基・山片蟠桃』（岩波書店）では和漢が並行して採録してある。漢文の読めない筆者が、はじめに和訳文で読めたことがこの書を放り出さずに済んだ幸運であった。加藤氏は『日本文学史序説　下』（筑摩書房）の「町人の時代」の章で仲基や安藤昌益、石田梅岩、三浦梅園、山片蟠桃などこの時代の町人知識人の学問とその背景について詳しく展開しているが、仲基についての知識を当時の筆者が充分に得たというわけではもちろんない。しかし、十八世紀中葉の幕府の官許イデオロギーに果敢に挑戦した仲基に、喝采を送るような心持ちで読み進んだ記憶だけは鮮やかに今も残っている。

話を舞台にもどすが、『説蔽』の版木逸失事件による上梓不能と懐徳堂破門という事態にもめげず、仲基が当時の権威的な儒・仏・神三教について学問的・合理的な批判・解明を『翁の文』や『出定後語』をとおして展開する過程で、露呈してくる幕府の隠微な規制とこれに迎合する中井甃庵や創立者である大阪町人たちのありようを、加藤氏はサスペンス風に描きだしている。

この展開が芝居を面白くしているわけだが、江戸(幕府や大名)の死命を制するのは、大阪町人だという自覚と自負をもっている懐徳堂五同志たちも、他面では、大阪と江戸はお互いに持ちつ持たれつだとする意識を保持している。「懐徳堂は儒の学校だ、儒道の諸説に門を開くが、お前のような儒道を毀《こぼ》つ者とは戦うのだ。しかし……懐徳堂の自由な空気がよもやお前のような男を生むとは思わなんだ」と仲基にむけて怒り嘆いた石庵の心情は、当時の大阪大町人の在りようの反映でもあろう。「懐徳堂の自由な空気」は、江戸の林家を頂点とする官許の学問の範囲内のものであり、そこに仲基の不幸とこの芝居のサスペンスが成り立っているわけである。

それは日本の近世封建支配下の米の在りようにも似たものがある。米が幕府や大名の手に集まり所有に帰すまでは強権の所産としてのものであり、それが商人の手にわたって商品になるには、強権の存在は欠くことのできないものであった。彼らはこのサイクルの外に自身を確立することは出来なかった。

かくて仲基の謎めいた急死によって舞台のサスペンスは終止するが、それを通俗的な悲劇として終わらせないのが加藤氏らしいところである。終幕で仲基は本居宣長と、お互いに天上の魂となって対話する。

宣長　……一つだけ聞いておきたいことがある。君はどうして死んだのかね。

仲基　さあ、それは、自殺か、他殺か、それとも病の急変か、当人よりもお客さまに訊いてください。

宣長　真実は各人各様……

作者・加藤氏は、仲基がめざして中途で挫折した合理的な学問・真実の追求とそれをとりまく世間のサスペンデッドな在りようを、悲劇で片付けるのでなく、いま生きている観客自身の課題として問い掛けているのである。仲基が生きた十八世紀以来、いや有史以来かもしれないが、この国の学問・文化の在りようはこの問い掛けに未だに確かには応えていないのではなかろうか。

それにしても、仲基は傑出した天才に恵まれた人だと今更にして思う。

『説蔽』は現存していないが、これを著わしたのが十二歳で懐徳堂に入門して三年余り後だといわれている。その要旨は『翁の文』に「宋儒の道は皆これを一なりと心得」ているのが世間の大勢であるが、「皆大なる見そこなひの間違ひたる事どもなり。この始末をしらんと思はば、説蔽といふ文をみるべし」といっていることで明らかなように、儒学の成り立ちを相対的に検討したものであるといえよう。彼は、自身の学問に揺るがぬ確信を持っていたようである。『出定後語序』で、「基や今既に三十を以て長ず。亦以て傳へざる可からざるなり。願ふ所は、之を其人通邑大都に傳へ、及ぼして以て之を韓若しくは漢に傳へ、韓若しくは漢より、及ぼして以て之を胡西に傳へ、以て之を釋迦牟尼降臨の地に傳へ、人をして皆道に於て光あらしめば、是れ死して朽ちざるなり」と述べている。つまり、俺の学問はその本家本元の韓や漢、インドへ持っていって、お前さんたちの思想・学問の「本体」は、実はこういうものなのだと言って、真実の道を示してやりたい、と言うのだからたいそうな自信である。「基幼にして間暇あり、儒の籍を讀むことを獲、以て少しく長ずるに及び、亦間暇あり、佛の籍を讀むことを獲、以《とも》に休す」（前掲書）とこの「序」の冒頭で述べている。幼い頃から儒仏の典籍を読み、深く精通していたことが窺える。彼は徳基ともいい、基は彼の自称である。

懐徳堂の五同志は当時の大阪の大商人、ヨーロッパならさしづめブルジョアである。が、彼らが既成の制度にかかわる独自な思想と社会を生み出し得なかった事情と、仲基の学問の苦難とその挫折は無縁のものではない。儒仏神の道に代えて「誠の道」をめざしたという仲基の思想は、今も未完のままである。劇中で作者は仲基に、日本の歴史を書きたい、と言わせている。彼が歴史を、とりわけ彼の生きた時代をいかに書いたか、筆者も期待したい。

〈1998年6月〉

深夜妄語――19

〈自己愛とは、己れ自身を愛し、あらゆるものを己れのために愛する愛である。それは人間をして自己を偶像化せしめる。もし運命が手立てを与えるならば、人間を他人に対する暴君たらしめるであろう。〉

〈人は自己愛の深淵の深さを測ることも、その深い闇を見通すことも出来ない。そこでは自己愛は如何なる鋭い目からも守られている。自己愛はそこで誰にも感知出来ない百千の回転や回帰を展開する。〉

〈この点、自己愛はわれわれの目に似ている。われわれの目には何でも見えるが、目そのものを見ることは出来ないからである。〉

〈自己愛は人生のあらゆる状態、あらゆる状況にいる。どこででも生き、すべてで生き、無でも生きる。物があることにも無いことにも適応する。敵対する人々の側について、彼等と意図を共にすることまでする。そして不思議なことに、彼等とともに己れ自身を憎み、己れの失墜にさえ共謀し、己れの破滅に力を尽しさえするのである。〉

十七世紀のフランス王室の重臣にして武人貴族、晩年は古典主義の代表的モラリストといわれたフランソワ・ド・ラ・ロシュフーコー（フランソワ六世）公爵（一六一三〜八〇）は、『Maximes（箴言《しんげん》と考察）』の著者として知られた人だが、この人物を語り手に擬して堀田善衞が『ラ・ロシュフーコー公爵傳説』（集英社）を書いている。

冒頭に掲げたのは、宮廷の奸計・甘言・謀略・日常的な裏切りなどの権勢欲や兄弟・肉親の関係や友情などがすべて「自己愛」というところに従属し、収斂していく十七世紀のブルボン王朝における宮廷生活と、それがもたらす凄惨な乱世を体験したラ・ロシュフーコーが、隠棲後に著わした『Maximes』のなかの一節である。この場合の「自己愛」は、精神分析用語でいうナルシシズムが個体のある種の病的状態を指すのとは異なった、きわめてダイレクトなニュアンスでの「おのれ可愛や」というものである。

作によれば、このラ・ロシュフーコー、フランソワ六世の先祖は「教会の記録に出て来た」かぎりで言えば、「キリスト紀元の九八〇年頃から一〇五〇年頃」、中部フランスのタルドァール川沿いに拠点をもつ地方領主であり、フランソワ六世から六百年ほど前に遡ることができるという。

つまりこの当主たちは、十世紀末の中世盛期から十七世紀の近代の萌芽が露わになるフランス絶対王政の時代の歴史の渦中に身を晒してきたわけである。

フランソワ六世の先祖、つまりフランソワ一世の出自が教会の記録にあるとおりならば、それはちょうど西フランクのカロリング王朝が崩壊し、カペー王朝が発足したばかりの頃ということになる。この王権の実力と権威は、当時の西ヨーロッパ諸国のなかでも「国家的統一の最下限」にあったといわれるほどに微弱なものであった。十七世紀のフランスの政治史における絶対王政、あるいは絶対主義ともかかわることだが、フランス王権と貴族、あるいは地方領主との関係は、形式的には王権のもとに統合されたかたちをとってはいるが、貴族や地方領主たちは王というのは偶然その地位についたものだというぐらいにしか考えていなかったのである。かくて王は、その権威を聖界の王であるローマ教皇に求めたりしていたわけである。したがって王は、自身の直営地の拡大をめざして常に戦争をしなければならなかった。王権の実力と権威を微弱なものにしていた勢力が、フランソワ一世のような城主の出現とその支配領域の成立であった。彼は、タルドァール川畔に城塞を築いて一族の勢力を次第に強固なものにしていったのである。王権は、十二、十三世紀にかけて「王権の覚醒」期と言われる時代をむかえる。この時代になると、当主たちは、王の戦争に武人貴族として従軍しその武勲と忠誠と引き換えに爵位を得、その階梯を次々に昇りつめ、当のフランソワ六世の親である五世はついに公爵位を得ることになった。フランソワ六世は、ルイ十三世のイタリア戦争に従軍した後、宮廷に出仕するが、摂政アンヌ・ドートリシュと枢機卿にして宰相たるマザランのイニシアチブに反対して起ったフロンドの乱に参加して失敗し、重傷を負うことになる。『Maxime』を執筆することになるのは、この負傷の後であるが、ここまでの彼の印象は、武人らしいがさつさと通俗的なまさに〈自己愛〉の権化といった人物として描かれている。「文人」の気配など露ほども感じられない人物である。この無骨な男が、人間の美徳とされていた「勇気」、「友情」、「親切」、「愛情」などにまつわる偽善性を痛烈に批判し、逆説と辛辣さに満ちた『Maximes』を書き、モラリストとして名を成した経緯は、なんとしても興味深いものである。

作者は、『方丈記私記』で鴨長明の在りようを「歴史と社会、本歌取り主義の伝統、仏教までが全否定されたときに、彼にははじめて『歴史』が見えてきた。皇族貴族集団、朝廷一家のやらかしていることと、災殃《さいおう》にあえぐ人民のことが等価のものとして、双方がくっきりと見えて来た。そこに方丈記がある。すなわち、彼自身が歴史と化したのである」と書いていた。

このフランソワ六世の生きざま、在りようを描く視座にも、時代と場所を超えて、鴨長明を見るまなざしと同様なものが、作者にあることは確かなことである。長明もまた、官位が思うようにあがらないことを嘆いたことのある、いわば、世俗の欲の渦中に囚われた過去をもつ人物である。ともに自身の生の対極に、歴史と事物の本質を見いだしたという共通の到達点をもつ。無骨男のフランソワ六世は、フロンドの乱にかかわって負った重い傷が癒えた後、ランブイエ侯爵夫人の主宰するサロン「青い部屋」に加わって、そこに集う詩人や作家、哲学者をはじめ大貴族、聖職者、軍人、官吏、外交官、ブルジョアジーたちと洗練された社交を体験し、「自分のことだけを長々と語る長広舌などは論外であり、同時に聞き上手でもなければならぬこと」、「正確な、短い言葉で語」ること、そして美しいフランス語などを学ぶが、彼はこのサロンでの交遊で書物を読んだり、自身のそれまでの生についての内省をすることの必要を感得し、五百あまりの箴言と七章の考察からなる『Maximes』を書いて、一六六五年にその初版を刊行したのである。

作中に、彼がミシェル・ド・モンテーニュを「わが師」と呼んで尊敬し、『エセー』を愛読していたということが描かれている。モンテーニュは、一五三三年に生まれ九二年が没年であるから、フランソワ六世はモンテーニュの死後ほぼ二十年後に生まれていることになる。フランソワ六世にとってモンテーニュは祖父の世代の人ということになる。

フランソワ六世が生きた時代は、フランスの絶対王政期である。彼がその渦中に身を置き重傷を負い、自身の転機を画することにもなったフロンドの乱は、フランスの絶対王政の構造を象徴的に具現した歴史的な事件でもあった。このフロンドの乱は、絶対王政の構造要素である地方封建領主・旧貴族、官職を金銭で買って新貴族となった新興のブルジョアと上級聖職者を、王権が彼らの利害の拮抗・競合を操作してその支配を貫徹しようとしたところに起因している。こうした王権の全国統合の擬制体系は、旧来の権益を失うことに危機感をもった旧貴族などと王権の間に激しい不信と軋轢を醸成していく。この乱が「貴族の空しい最後の抵抗」と言われている所以である。

ちなみに、日本近代の政治体制を絶対主義とする説が有力な時期があったが、これは全国統合の擬制体系というアナロジーはあるものの、フランスの封建領主・貴族にとって、王権は自身のそれと対等なもの、王位はその偶然の所産にすぎないと考えられていたような構造は日本にはなかったから、この説は当を得たものとは言い難いものである。

この反乱は「一見、高等法院の反抗（高等法院のフロンド）の段階から、コンデ親王の反マザラン運動に集約される貴族のフロンドにいたるまで、新旧官僚体系の対抗、中央対地方、旧貴族の反抗が錯綜する支配層内部の抗争として現れる」が、「民衆運動の中に主体的革命的な性格をみようとするとき、それは『失敗したブルジョア革命の試み』と定義」できる、といわれている（『岩波講座　世界歴史14』「4民衆運動と国家　二フランスの民衆運動」千葉治男）。この作では、フランソワ六世に即して描かれているので、前出の千葉論文に即していえば、「錯綜する支配層内部の抗争」に力点が置かれているようである。前出の千葉論文にみられるフロンドの乱の際の民衆の参加には、一六一八年からはじまった三十年戦争にフランスが介入したことで急増した戦費を調達するための過酷な課税と、徴税代理人による不当・不正な手数料の収奪などへの抵抗があったようである。作中に、フランソワ六世の執事をしていたグールヴィルが、「南仏のもっとも豊かなギュイエンヌ地方の徴税権を」買って、徴税代理人になった話がある。徴税した五分の一が彼の手数料になったという。国庫へ毎年二百七十万リーブル納めれば残余は彼の懐に入るというものである。これで彼は年収にして一万リーブルから一万二千リーブルを得ることができたという。絶対王政下での特権ブルジョアジーの形成・成長の一面とみることもできよう。

フランソワ六世・ド・ラ・ロシュフーコーの生きた時代は、フランス革命を準備することになった絶対王政下での宮廷を中心とした権謀術数の錯綜した虚飾に満ちた世界であり、他面、フランスの国家的隆盛と彼と同時代を生きたモリエール、パスカル、ディドロなどによる学術・文化の花開いた時代でもあった。いわばこの時代は歴史の光と影が錯綜し、それぞれの世界に生きる人間が強烈な自己主張を放射しあった時代だともいえる。この光と影の世界を超えて、その対極にある人間の赤裸な在りようを見いだした彼の自己凝視の真摯さと、その到達点としての『Maxímes』は、彼の肉体と体験をとおして「彼自身が歴史と化した」証しでもあろうと思える。

深夜妄語——20

〈1998年8月〉

松明のごと、なれの身より火花の飛び散るとき
なれ知らずや、わが身をこがしつつ自由の身となれるを
もてるものは失われるべきさだめにあるを
残るはただ灰と、あらしのごと深淵に落ちゆく混迷のみなるを
永遠の勝利のあかつきに、灰の底ふかく
さんぜんたるダイヤモンドの残らんことを

ノルヴィト作『舞台裏にて』

このほど、イェージイ・アンジェイェフスキ『灰とダイヤモンド』（川上洸訳、岩波文庫上・下巻）が刊行された。アンジェイ・ヴァイダ監督の映画『灰とダイヤモンド』はひろく知られているが、シナリオはアンジェイェフスキと共同執筆されたものだと、訳者は「解説」のなかで述べている。

当然のことながらこの作では、映画で描かれた主題や情景とおおいに異なったものになっている。しかし、映像で印象された場面のいくつかは作中の描写にもでていて、懐かしい思いで反芻することもできる。

オストロヴェツという町のホテル《モノーポル》で、ポーランド労働者党（ＰＰＲ）の県委員会書記シチューカの隣室に部屋をとった若いテロリストのマーチェク・ヘウミツキが壁の向こうの物音に聞き耳をたてながら、ホテルのバーのウェイトレスをしているクリスティーナとくりひろげたベッドシーンなどを思い出すむきも多いはずである。

冒頭の詩句はこの作の扉に掲げられているものだが、作中では結びの部分で、マーチェクがシチューカの暗殺を狙って、墓地にひそんでいるとき、たまたまマーチェクが目にした戦死者の墓碑に刻まれていたものという設定になっている。

マーチェクは、「この碑銘板の下に眠っている人のことを考えながら、実は自分自身のことを考えているのだと気づく。《残るはただ灰と、あらしのごと深淵に落ちゆく混迷のみなるを》――このフレーズが脳裏にまとわりついて離れない」

マーチェクの脳裏にまとわりついて離れなかった詩句の一節は、近現代史のなかのポーランドとそこに生きるひとびとの実相そのものであり、この作の主題もまさにこの詩句そのものである。作者は、この墓碑板を掲げた墓の下に眠る人物を、マーチェクがたまたま目にしたものであるにもかかわらず、つぎのように詳しく説明している。

「その墓は、ほかのとは違っていた。黒大理石の板に刻まれた金文字によると、ここに眠っているのは、ピウスツキ軍団第一連隊の狙撃兵ユリウシ・サセヴィチで、一八九三年に生まれ、一九一五年に名誉の戦死をとげたという。年を数えてみると、ちょうど自分（マーチェク・筆者註）と同じ年輩で死んだことになる」と。

ピウスツキ（あるいはピルスツキ）は、第一次世界大戦でドイツが敗北したことで独立を得たポーランドの指導者になった人物だが、彼は英仏の対ソ干渉の尻馬に乗ってウクライナに侵攻するが、赤軍に反撃され、ワルシャワを危機に陥れる。墓碑銘の下に眠る狙撃兵はそのときの戦死者であろう。

訳者は「解説」のなかで、十世紀後半に誕生してから現代にいたるまでのポーランドの興隆と衰退の歴史を、とりわけ第一次世界大戦後のピウスツキによる「サナツィア体制」がもたらした国家的混乱と矛盾の激化について簡潔に述べている。ピウスツキは旧いポーランドを人格化したような人物であり、「ツァーリズムをはねとばした社会主義的たるべき『共和制ポーランド』」を「最悪の反動である『ファシスト・ポーランド』」に反転させた軍人である（『岩波講座　世界歴史』旧版）。ポーランドを分割していた三つの帝国、ロシア、ドイツ、オーストリア、ハンガリーが第一次世界大戦で敗北した結果、ヴェルサイユ条約によってポーランドは一七七二年以来うしなっていた領土を回復し、独立を達成した。帝国主義諸国間のむきだしの勢力争奪戦としてのこの大戦の唯一の正義の達成といわれたポーランドの独立ではあったが、この折角の機会は、ポーランドの民主主義的な出発の道を保証するものとはならなかった。ピウスツキは、ポーランドを「ムッソリーニのイタリアにつぐ『地上第二のファシスト国家』」（同上）に仕立てあげてしまったのである。

ポーランドのこうした潮流は、第二次大戦下にも伏流していた。シチューカの亡妻の妹の夫スタニェヴィチは、アンデルス軍団の大佐である。この軍団はソ連在住のポーランド人で編成されたが、独ソ戦を戦うことを拒否して、西側連合軍に合流してしまう。シチューカはPPRの郡書記ボドグルスキに「ポーランド人の身内にはいろんな人物がいるのが常だからね」と言っているが、身内の者の間にさえある複雑な関係の背景には、ロシア革命の影響をうけた民衆の革命的高揚、ソ連共産党の独善的な指導・介入の影響、他方に地主、貴族や都市小市民ら保守層の革命への危機感、ファシズム政権を許すような社会的条件などがあった。

『カタロニア讃歌』のなかで、著者のジョージ・オーウェルはスペイン内戦時の政党や労働組合のありようについて、「スペインが頭文字の流行病にかかっているよう」な「じれったい名称」の氾濫を指摘していたが、この作の時代、ヒトラー・ドイツの降伏が決定的になった当時のポーランドの政党や労働組合の名称もそれに似たものがある。

ドイツに占領され一時パリに、その後ロンドンに移った英米寄りの亡命政府の呼び掛けで結成された対独抵抗軍団「AK」、ポーランド共産党「KPP」、ポーランド社会党「PPS」、四二年にゴムウカ（ゴムルカ）らと「ソ連からひそかに送り込まれた工作員」（解説）とで非合法に組織されたポーランド労働者党「PPR」、その武装組織としての人民親衛隊「GL」、これを基盤にして編成された人民軍「AL」、ポーランド国家評議会「KRN」、その後身のポーランド国民解放委員会「PKWN」等々である。

作中で、シチューカの暗殺を狙うマーチェクはAKのメンバーであった。《AK地下指導部はソ連軍到着の前に首都で蜂起し、自己の存在を誇示して戦後の発言権の足がかりを作っておく必要があると考え四四年八月一日から蜂起を開始》(同右)する。いわゆる「ワルシャワの蜂起」である。ソ連の進攻によるＡＬ勢力の増大・主導権の確保という事態に対抗するという意図をもつＡＫの思惑を超えて、ワルシャワ市民は、ドイツ占領軍の暴虐と圧制への怒りをこめて圧倒的な武力に抗してたたかうが、ワルシャワを破滅的な廃墟と化し莫大な犠牲者を出して鎮圧されてしまう。この結果《ＡＫ指導部はその下部組織がＡＬに吸収されてしまうのを恐れて、四五年一月に解散を命じたが、行き場を失ったマーチェク・ヘウミツキやアンジェイ・コセーツキのようなＡＫの残党は、こののち地方の森などにひそんで、ソ連軍とＰＰＲ組織にたいしてテロ闘争を続けることになる》(同右)のである。

地主や貴族たちの古いポーランド、西欧の文化に憧れる都市中間層、遅れた農民たちは、かつてのツァー・ロシアに根深い不信をもち、スターリンのソ連にも同様な不信と敵意を抱いていた。ピウスツキによるファシズム政権もこうした土壌のうえに成立している。苛酷な労働にあえぐ労働者たちは、ロシア革命の影響をうけて果敢な闘争を展開するが、ソ連共産党の指導にしたがって硬直した教条的な運動をするポーランドの共産主義者によって、その闘いを挫折させられている。ポーランドの周辺列強による分割支配と国内の上層階級による、ときどきの列強国との合従連衡策、それがもたらすあらたな矛盾など、近現代史のなかのポーランドは、混迷と矛盾の坩堝であった。このような混迷と矛盾が、第二次大戦中ナチ・ドイツ占領下から戦後にまで尾を引いていたのがポーランドの現実であった。

作中で力点をおいて描かれているのは、アントーニ・コセーツキ判事一家である。彼は、前世紀末に小ブルジョアの家庭の七人兄弟の末っ子として生まれた。第二次大戦が勃発したとき彼は、まもなく五十歳に手の届く年齢に達していた。彼は少年時代に、ワルシャワで富裕な商人をしている縁戚を頼って、食料品店の丁稚になり、苦学して弁護士の資格をとった。彼は特に才能のある弁護士ではなく、丁稚時代に様々な誘惑に抗して小金を貯めたような努力を自身に強いて、やっとのことで地方裁判所の判事の地位を得たのである。そんな彼も、ナチ占領軍には危険な知識人と見做され、収容所に送り込まれることになった。この収容所にはシチューカも捕らえられていたが、コセーツキは、ルィビツキ・レオンという偽名を使ってナチの看守の手下になり収容された人々に様々な暴行を加えたという、今では人に知られたくない過去を抱えている。作の結びで彼は、「収容所の刑執行人、犯罪者の手中の従順な道具になることもできたし、まともな人間になることもできた。ただひとつ、自分が生きながらえることのみを望んだ。そしてそのためには、善悪を問わず、あらゆる代価を払った」として告発される。息子のアンジェイは、父の平穏に生きながらえるという生き方に反発して、家を飛び出しテロ組織と化したAKの残党たちのリーダーになったのであった。「あらしのごと深淵に落ちゆく混迷」のなかに投げこまれた大戦末期のポーランド人の在りようが、彼ら親子に象徴的に映し出されているといえよう。

この作の世界は、戦争と殺戮、恐怖と敵意の今世紀を主導した政治がもたらした地獄絵図でもある。「ピウスツキ子飼い」のAKはソ連の影響下にあるPPRやALに激しい敵意をもち、他方、PPR党員にしても「突如ポーランド共産党解散を強制したり、ヒトラーと談合したり、ワルシャワ蜂起を見殺しにしたりしたスターリンの党にたいしては屈折した思いがあったはずだ」と訳者は「解説」で述べている。

アンジェイエフスキは、恐怖と敵意が複雑に交錯しあう人間たちへの屈折した想いを抑制した筆致で描いている。ポーランドの労働者はソ連共産党の支配を脱して、「連帯」を組織した。が作中に、当時の混迷を乗り越えていく目途はもちろん描かれていない。

今日、ポーランド人をはじめ人類が戦争と殺戮、恐怖と敵意の地獄絵図を克服し、かつての「灰」の中から「さんぜんたるダイヤモンド」を見いだせたであろうか。

深夜妄語——21

〈1998年10月〉

堀田善衞氏が、八十歳で九月五日に亡くなった。堀田氏は、筆者の敬愛する文学者のひとりであった。取り急ぎ、思いつくままに、その足跡の一端をたどり追悼のよすがとしたい。
訃報の翌朝の「天声人語」に、「回船問屋は、いまふうにいえば海上貿易中心の総合商社のようなものか、広大な生家の押し入れの奥には隠し階段があり、二階三階を経て望楼につながっていた。望楼の望遠鏡からは港の船の動き、雲の流れが手に取るようだったという。堀田さんの時代と人間を見る鋭いまなざしは、こうした出自と無縁ではないような気がする」とあった。氏の作のいくつかを思い起こしてみると、こうした感想には共感を誘われるものがある。作家の出自がその作風や思想に必ずしも直結するとはいえないが、堀田氏の場合はその出自と生家を背景にした文化ともでもいうべき良質な資質がよくその作に発現していたといえよう。

「私の中の日本人」(『堀田善衞自選評論集』一九七三年、新潮社)というエッセイは、父君堀田(野口)勝文氏と小泉信三との交友にふれたものである。この両人は共に慶応義塾の同窓生で、「同じリベラリストとして、小泉信三氏と私の父との関係を、私は息を詰めるようにして見詰めて育って来た」と堀田氏はいう。堀田氏が息を詰めるようにして見詰めていたのは、この二人の戦時中の「異なった生き方」であった。

「小泉信三氏は、いわゆるリベラリスト、大正の中頃から昭和前期頃までの、いわば代表的リベラリストの一人、ということになっていたものであった」が、戦時中、日本の知識人のなかでも米国をよく知っていたひとりであったにもかかわらず、「無知な軍人どもにおもね」、「本土空襲が開始され」ると、「空襲などは大したことではない、空襲で国がつぶれることはない、問題は本土決戦だ」などと言った小泉にたいして勝文氏は、「あいつもとうとう内閣顧問なんぞという要人になりやがって、下庶民の労苦のことを考えない」と激昂したという。勝文氏が小泉を批判的に見るようになったのは、堀田氏が慶応の予科生のとき、規則で丸坊主になって帰郷した際だという。勝文氏は「紳士たるべきものが、なんでいったいそんな頭をしているのか」と怒り、それが塾長小泉の方針だと知ったときからであった。勝文氏は、「傾きかけた回船問屋」の立て直しに失敗し、郷党に押し立てられて富山県議会の議長をさせられ、揚句は戦後に公職追放の憂き目を見たが、かつてのリベラリストとしての気概は失わなかったのであった。

この『評論集』の「あとがき」で、堀田氏は、「私自身は、共和国主義者《レパブリカン》だと思っている」と言っているが、父・勝文氏の生き様が投影されていたのであったろう。

ともあれ、この国の敗戦を契機に勃興した「戦後文学」は、それまでの日本の文学思潮、芸術観に截然とした差異と活気をもたらしたが、堀田氏の文学はその視野とスケールがより普遍的であり、戦争、政治、国家、文明といった人間の営みにともなうさまざまな愚行や悲劇のなかに、これらを克服して生きようとする人間的意思をそれぞれの具体的な現実のなかからリアルに模索し続けたというところに、格別の意味を見出していたのだとおもう。

『乱世の文学者』（一九五八年、未來社）に収められた「方丈記その他について」と題したエッセイのなかで、富山市の旅館の一室で撮影された坂口安吾の写真に「コタツの上に散っている四五枚の色紙」があり、うち二枚の色紙に、『梁塵秘抄』に収められているうた、「遊びせんとや生れけむ戯れせんとや生れけむ遊ぶ子供の声きけばわが身さへこそゆるがるれ」

がしるしてあるのを、堀田氏が目撃した情景が記されている。「……このうたを読んで、私は、坂口氏にして然《しか》あるか、と思った。壮烈な乱世の戦士の心底の優情を露骨に見せつけられる思いがした」と述べている。「坂口氏にして然あるか」という堀田氏の感慨は、坂口安吾の「心底の優情」の内実にたいする疑念と批判である。堀田氏は、中世動乱期の「はやりうた」にこめられた民衆の心の「深淵に触れ、ある恐怖と、その上での自信に満ちたものでなければ信用する気になれない」として、安吾がこの「うた」を優しさと感傷で受け止めるところにとどまっていることを指摘していたのである。

これとよく似たエピソードが、前出『堀田善衞自選評論集』の「愚者の視点」という章の「A・A時代の文学者」に収録されている。今世紀初頭、英国は南アフリカのボーア人の領土を征服したとき、果敢に帝国主義侵略軍と戦ったボーア人に共感し、第一高等学校の入試に合格したのを振り切って彼等の抵抗軍に志願・参加をしようとした森田草平と、片や、一九三六年にケープタウンを訪れた島崎藤村の在りようを対比したものである。藤村が「European ONLY」という掲示板を掲げた喫茶店に「そんなことに頓着なく、ずんずんその中に入って行って、欧羅巴人と同じように腰掛け、同じように休憩の時を送った。（中略）東洋人中ひとりわれのみは欧羅巴人と同じ取扱いをうけ、どこへ行って見てもわれら日本人の肩身の広いことは、いささか心強くも思われた」と書いたことについて、堀田氏は次のように言っていた。「藤村はまじめな人である。藤村はまじめに、そうしていささかも疑いを抱いていないように見える。肩身の広いのは結構なことである。けれども、何故『東洋人中ひとりわれのみ』なのだろうか。『欧羅巴人』と同じ取扱いをうけることが、それがとりもなおさず肩身の広いことであるとは誰がきめたことか。森田草平だったらどう思ったであろうか。藤村は、森田草平の若き日の情熱とは、完全に切れたところで、まじめに育った人だったのだろうか。この『東洋人中ひとりわれのみ』の内実は、政治的に、軍事的に、経済的に、また文化的に、さらには日本人の意識の問題としてきわめて複雑かつずっしりと重い。日本近代史そのもののような色あいと重量をもっている」として、我々は、「そこから投げられて来る光と重量感そのものからは」「自由になっていないし」、まだその「投光圏内にいるのだ」と述べていた。

「鴨長明の『方丈記』は、私にとって絶えざる戦いの相手である。……身近な相手として文学古典をもちえないならば、古典は、しょせん一種の飾りものになってしまうであろう」(「方丈記その他について」)といっていた堀田氏にとって、梁塵秘抄の「はやりうた」も氏自身の裡に潜む「心底の優情」との「絶えざる戦いの相手」でなければならなかったのである。

堀田氏は、『方丈記』の《ゆく河のながれはたえずして、しかももとの水にあらず》という無常観に立脚した世界観をもった鴨長明が、その無常観の深さゆえに、乱世にあっては一定のリアリズムを確保しながらもなお、《身を知り、世を知れば、願はず、わしらず。ただしづかなるを望みとし、愁無きを楽しみとす》というところに落ち着いてしまったことを指摘し、こうした在りようと「たとえばイエス・キリストと比べたらどういうことになるか」と問うているのである。

このエッセイのなかで堀田氏は、「私たちの心底に（『方丈記』のような・筆者）無常観が生きつづけている限りでは、私小説と私小説的なものは、永遠に生命を失わぬであろう。それは《世にしたがえば、身くるし。したがはねば、狂せるに似たり。いづれの所をしめて、いかなるわざをしてか、しばしも此の身をやどし、たまゆらもこころをやすむべき》という誠実さ、この誠実に足をふんまえて長く生きつづける」、そうした意味で、方丈記は「私小説の元祖」であり、「日本哲学の元祖」であると言っていた。「かつて私小説がもちえた倫理的なリアリティと、現代社会が要求する責任の体系とをどう結びつけるか、その結び目をどこに見出すか」を堀田氏は終生の課題として追求し続けた作家であったと言えよう。『乱世の文学者』の「あとがき」に、次のような一節がある。

「未来について」（一九四三年五月『山河』）は、もっとも早い時期のもので、一九四三年、戦争のたけなわなる時、いかにして死を越えることが出来るか、などと考え祈念していた頃のものであり、詩人としての出発時に、外部世界とのかかわりにおいて、かかる時期をもったことを不幸とは思わない。その後における著者の中国経験は、内面祈念の詩人を、一撃にして日本・革命・人間の問題に直面させたが、それを問題として身にもちながら、かつて著者がもった、あるいはもたされた「母なる思想」への志向は、しかし、裂かるべくもなく持続していると思われる。この広い世界のなかで、求められているものは、恐らく人生存在についての堅硬なリアリティである。

ここで触れられているのは、堀田氏の重要な原体験としてある戦時体験と、その後に連なる中国体験である。この段階では、堀田氏の裡に埋め込まれている「母なる思想」は「裂かるべくもなく持続してい」たのであった。それを堀田氏は、強く意識していたが故に、「人生存在についての堅硬なリアリティ」と、とりわけ「広い世界」を志向していこうとする氏には「母なる思想」との戦いが必要だったのである。この自覚こそは、堀田氏が「絶えざる戦いの相手」としてこの国の古典、『方丈記』をはじめとした中世文学に取り組むことに向かわせたのである。堀田氏の古典との戦いは、「母なる思想」との戦いでもあったと言えよう。

堀田氏は、最晩年の著作『空の空なればこそ』（筑摩書房）に収録した「極端なる世紀」で、「過去の如何なる歴史にもありえなかった」残虐な戦争と殺戮の連続であった二十世紀は、これまでに人類が築きあげてきた「すべての構想と理性」を破壊してしまったかにみえるが、「たとえそうであったとしても、責任ある個人というものだけは絶対に残っているのであったから、再出発は可能である、と私は思っている」と述べていた。

この「責任ある個人」という言葉は、堀田氏の「絶えざる戦い」によって獲得することのできた到達点と言うべきものが含意されているといえよう。『方丈記』との対峙をとおして獲得した、「倫理的なリアリティと現代社会が要求する責任の体系」は、「責任ある個人」という地点に到達したのである。この国の文学・思想が、この到達点をふまえて発展してこそ、その存在をたしかなものに成し得るであろう。

深夜妄語——22

〈1998年12月〉

近来の歴史学の発展あるいは変容には、著しいものがあるようである。その「著しさ」加減は、筆者のような門外漢の目にもそれなりに捉えられる。こうした動向には、他分野の科学的な成果による助けや、戦後のこの国に多様な意味でおおきな影響をもたらした、アメリカの世界認識に連動しているような側面もあるようである。

最近刊行された『これからの世界史』（全十三巻、平凡社）シリーズ2の、『世界史の第二ラウンドは可能か——イスラム世界の視点から』の著者三木亘氏は、終章のところでこう述べていた。

西欧はある意味で世界史全体の条件のなかで、大塚久雄さんの好きな言い方を借りると「自生的に」近代化したわけで、その限り、家族とか地域的なコミュニティというものが連続的に進化したという側面があって、そこから人類学でもイギリス、フランスでは社会人類学というような、なんらかの意味での共同体を対象とするような仕方です。ところがアメリカの場合には、個人が文化を背負っているという文化人類学です。（中略）家族やコミュニティをも破壊してゆくようなアメリカ工業の型が世界的に家族や工業を、工業が発達したところから破壊してゆきます。日本もそうです。その結果、日本でも社会人類学よりもむしろ文化人類学のほうに若い人ほど惹かれるような現象が出てきています。

こうしたいわばアメリカ化現象は、アメリカ自体の他者認識の方法を投影しているようで、三木氏は「アメリカの非西欧的世界認識には二種類」あるとして、「西欧の東洋学からきた東洋学と、ケネディ時代に（世界帝国主義の・筆者註）破産管財人という思ってもいなかった地位について、にわかにうまれた地域研究というかたちでの東洋学がそれで、あとのほうが優勢になりますが、いまでも根強く西欧伝来の東洋学が東海岸のワスプのあいだに結構あって、これは中東コンプレックスをも相続しています。なお、アメリカには西欧に対するコンプレックスがあって、いまでもアメリカ人は西欧に対しては、大きな顔をしないし、またできません」、というような思潮が、学問の世界にも大波として打ち寄せてきていることによる、歴史学の変容もみられるのであろうと思う。

三木氏は、世界史把握の方法を「未開・文明・野蛮」という「歴史生態学」とよばれる、筆者などにはあまりなじみのない立場から考えようとしている。三木氏によれば、この方法論は「十九世紀ヨーロッパがうみだした（発展段階論や社会進化論のような・筆者註）野蛮なイデオロギー」とは無縁な、「しいて言えば、植物生態学のサクセション理論に近い。ニュートラルな遷移あるいは移行という歴史の捉え方」だという。「ここでニュートラルというのは、これまでの世界史の、どの時代の、どの地域の人びとも、それぞれの与えられた条件のなかで一生懸命に生きているのであって、それらのあいだに、なんら価値の上下はないという考え方」をいうもので、「歴史はあとになるほどよくなるという発展段階論は、これまで地球上で生きてきた無数の人びとに対して、たいへん失礼なものの考え方だ」と言っている。

こうした三木氏の世界史把握の方法は、人間存在の根源的な認識をもとにしているといえるようである。

歴史生態学のいわば公理として、この地球上で、本当の意味でのものを生産してるのは植物だけだという事実を忘れないでいただきたいと思います。太陽光線と水と二酸化炭素で炭水化物をつくり、そこからさらに蛋白質や脂肪をつくり出す。この植物を食べることで動物が生き、その動物や植物を食べることで人間が生きることができる。つまり、動物は植物に寄生し、人間はその動物や植物に寄生している。ほとんど誰でもが知っているはずのこの事実ないし公理を本当にふまえれば、近代西欧文明の柱である近代経済学やマルクス主義経済学のように、農林漁業・牧畜・工業における「生産」だとか、労働による「価値の創造」なだといういうあほらしいたわごとは言えないはずだとは思いませんか。地球上唯一の生産者である植物からの「搾取」を「生産」と言いくるめ、さらには「価値の創造」とまで思い上がる。近代経済学やマルクス経済学のこの傲慢さは、まさに野蛮そのものだとは思いませんか。しょせん動植物の寄生虫の分際でしかない宇宙史の新参者が、なにか勘違いして、自分たちが地球上のすべての主人公だと思い上がっている。近代西欧文明のキイ概念の一つである、西欧キリスト教的な「人類」概念には、この野蛮さがしみついていると思います。

といって三木氏は、「インド的な生類の一員としての人間」とか「神によって過ちだらけの『よわい存在』につくられてしまった、イスラム世界的な人間」さらには、「『どうせ人間のやることだから』という小田実さん的な意味での人間」の方を、公理にかなった認識方法として認めている。

二十世紀末の現時点で、「未開・文明・野蛮」の最終局面である世界帝国主義の最後の破産管財人アメリカ帝国の在りようは、「石油と情報と金融のモノカルチャー」で支えられているが、このモノカルチャー三点セットによる経済は、見事にこの国・日本を覆い尽くしバブルの後の深刻な不況に陥没させてしまっている。「アメリカ資本主義は、十九世紀の西欧の産業の性格とは非常に違い、自動車だとか冷蔵庫・洗濯機、ラジオ・テレビあるいは最近のパソコンなど、個人を捉える製品を大量につくるのが特徴です。これは家庭とかコミュニティを変化させる、あるいは壊す可能性を持ちます。アメリカ社会というのは、いい意味でも悪い意味でもはみ出しものの社会、個人から出発しているわけですから、そういう製品が支配的になるわけです。それはホッブズ的な『万人の万人に対する闘争』みたいな原風景はいまもリアリティを持ってそもまま受入れられるような社会です」と三木氏は言う。今世紀の野蛮は、両大戦の大量虐殺、植民地支配に対する抵抗の弾圧、自国や体制の異端への殺人による抹殺など、史上最悪の様相を呈した。社会主義圏をも含む「近代西欧文明のパラダイム」がいずれも主導したものである。

先日の第四次「葦牙」の発足総会の席でも話題になったことだが、この国でも近頃効率第一主義になり、モノカルチャー経済による市民生活の荒廃や衰退が著しく、それにつれて文字文化や本来の学問の軽視や無視が若い人の間に蔓延していることから、文学的な文化の再生の可能性について悲観的な意見が多く出た。こうした国の状態も三木氏のいう「優勝劣敗・弱肉強食・弱きをくじき強きを助ける社会進化論」的思潮と相俟った経済形態が、これまでの相互扶助を主体とした多様性のあるコミュニティを破壊してしまったことによるのであろうと思う。まさに三木氏のいう「野蛮」の時代であり、大量生産・大量消費が多様性のある豊かさを駆逐した後に立ち現れた野蛮と貧困の実相である。三木氏は「日本中、世界中から田舎ものが集ま」り、「昨日の田舎ものが今日の田舎ものを差別」するところなどが、「東京とアメリカは奇妙な類似性を持って」いるという。前世紀末の日本は、西欧文明の辺境にいた田舎ものであり、アジア諸国民を抑圧し差別して、世界に成り上がりものになったが、結局失敗して今日にいたっている。アメリカ帝国の在りようも、西欧をはじめ世界各地の「はみだし者」たちによって創設され、世界資本主義の破産管財人にまで成り上がったが、いまや自身のつくりだしたモノカルチャー三点セットの矛盾を克服できずに、その勢いの斜陽化は次第に明らかになりつつある。ともに、その失敗の源は、かつての西欧植民地や彼らによって抑圧されていた第三世界の台頭によるものである。三木氏は、「政治的植民地主義と戦うことはまだやさしい。これからの闘いの中心は経済と文化になる。だが、ぼくたちの心のなかにまで入り込んでいる文化的植民地主義との闘いは、至難のことだ。しかしかならずやり抜く」と言っていたモロッコの学生の言葉を紹介しているが、この国あるいはここに生きる人びとが、世界資本主義の管財人であるアメリカ帝国とともに歴史の彼方に追い出される道を避けるためには、やはりこのモロッコの学生の言ったような、新たな、西欧やアメリカがこれまでに経てきたようなものとは異なった、経済や文化の創造が必要とされるに違いない。これらのことを三木氏は、「アジア、アフリカと西欧ならびに破産管財人との関係」を「変えてゆく、あるいはこれまでにない関係を探し求め創造してゆく運動として考えるべきで、両方切り離して考えるべき問題ではない」としている。

これまで日本も含めて西欧文明から見ての「後進国」の「近代化」は、開発独裁の形態をとって突き進んできたものであった。この国のかつての「脱亜入欧」「富国強兵」「挙国一致」「海外雄飛」をキイにした、西欧に「追いつけ、追い越せ」志向は、決して新たな経済と文化の創造を目指したものではなかった。三木氏の言に倣えば、それは「つきあいの文化」を破棄したところでつくりだされたものであったといえよう。異質、異端を排除しつつ、ひたすらに「独裁者」のめざす「価値」を追求し続けた歴史であった。これに巻き添えにされた多くの人びとの心に、「文化的植民地主義」が母斑のように刻印されたことも、否定し得ない現実である。

三木氏は、「未開・文明・野蛮」というプロセスを経て、いまや終焉を迎えようとしている世界史の第一ラウンドは、このプロセスによって抑圧・差別されていた第三世界の人びとによって、世界史の第二ラウンドが開幕されようとしていることと、そのための課題を提示している。それは「経済的にはモノカルチャーによる破壊、貧困化からの恢復」であり、「文化的には、知らないうちに内部化した、あるいは内部化させられた、近代的西欧文明のパラダイムからの脱出」だとしている。自生的な西欧自体の文明を、三木氏は否定してはいない。そのなれの果ての在りようが問題なのである。

この国の文学の不毛化が言われて久しい。私たちの「近代の西欧文明のパラダイムからの脱出」には、とりあえず、日本の文化、近くは日本の近代と隣接する時代の文化・歴史を世界史的視野で再検討することが必要であろうし、その営為のなかから新たな文化が創造されるであろうと思いたい。

深夜妄語——23

〈1999年2月〉

今年の正月に流行したインフルエンザに冒されたらしく、筆者も喉の痛みととめどもない洟水に悩まされた。抜けるような晴天を横目に、終日ゴロゴロと寝て過ごしたが、旧臘に買っておいたいくらかの書物を、咳や洟紙を合いの手に読み継ぐという体たらくもまた、オツなものであった。

なかで、宮川康子『富永仲基と懐徳堂——思想史の前哨』（ぺりかん社）は、『葦牙』第二十五号のための書評してとりあげた、テツオ・ナジタ著／子安宣邦訳『懐徳堂——一八世紀日本の「徳」の諸相』（岩波書店）との関連もあって、興味深く読んだ書物のひとつである。

著者の宮川康子氏は、前出のテツオ・ナジタ『懐徳堂』の共訳者でもある。

本書の序で宮川氏は、これまでの仲基の評価をめぐっての、ときどきの社会的背景やその意図・視角による毀誉褒貶ではなく、仲基を彼の生きた時代とその思想的形成の場そのものから捉えかえそうとしているのだとして、次のように述べている。「近代における仲基の発見からすでにかなりの時間的な、またさまざまな意味での〈隔たり〉ができているにも関わらず、いまもその〈発見〉の身ぶりが繰り返されるのはなぜなのか。社会の変化と、それに連動する歴史学の変化にともない、勤皇主義者、人文主義者、唯物論者、日本論者など、さまざまなレッテルのもとに仲基は再発見される。どのような観点から仲基を評価するかによって、そこには多様な仲基像が構成されるが、それらはあの仲基の歴史的存在自体の奇妙さを解く鍵にはならないように思われた。仲基像の新たなバージョンを作り出すのでなければ、どのような記述が可能なのか。本書に収められた各論文はこの問いへの試行錯誤の過程であるといってもよいだろう」と。つまり、「多様な仲基像」のひとつでもある、〈早く生まれすぎた天才、近代にしか意味を見いだされることのなかった仲基〉といった枠組みを取り払い、「天才として、彼の時代から切り放されてしまった仲基を、彼の思想的実践の場に取り返す」ことを主眼においているというのである。具体的には、懐徳堂を核とした十八世紀日本の知的ネットワークのなかに、仲基を据え直すという試みである、と言えよう。

本書は、著者がこれまでに発表した仲基に関わる四つの論文をまとめて収めたものであるが、井狩雪溪著・原虚斎写『論語徴駁』という書物が、荻生徂徠の『論語徴』批判であり、この批判が仲基を含む雪溪や宇野明霞などによって書かれたものであることを論じた第一章、さらには、日初という禅僧との共同執筆が考えられるという歴史書『日本春秋』と仲基との関わり、徂徠の言語論、音楽論などに仲基が批判を加えた仕事などに触れた第二章、仲基の「三物五類」の説を解明した第三章、徂徠の「先王の道」を批判的に克服した「誠の道」、あるいは徂徠の「勝上」を継承的に発展させた仲基の「加上」法則について論じた第四章などのなかに、筆者にははじめて聞かせてもらったような指摘もいくつか挙げられている。

本書での著者の指摘・論証のひとつひとつについて、素人の筆者が口をはさむ余地はもとよりないが、この時代の歴史的背景を脳裏に再生させながら読み進んでみると、専門的な論述は読み流さざるを得ないにしても、それなりに納得させられるものがある。

とりわけ、仲基が『翁の文』で展開した「誠の道」という考え方が、徂徠の「先王の道」との対極にある「あたりまえ」を意味するものだという指摘はたいへん興味深いものであった。著者は、「反徂徠の文脈のなかから言い出されてくる仲基の『誠の道』が、『誠』という言葉の意味そのものに重点を置いたものでないことはいうまでもないだろう。むしろ仲基は『誠』という言葉の上に積み重ねられてきたような解釈学的言辞を〈今、ここ〉という視点から歴史的に相対化するのであり、もし強いて仲基の『誠』とは何かを問うならば、それは『あたりまえ』にほかならないであろう」と、『翁の文』の一節を引いて言っている。『翁の文』の該当箇所を引いて見よう。

扨此誠の道といふものは、本天竺より来りたるにもあらず、漢より伝へたるにもあらず、又神代のむかしに始りて、今の世に習ふにもあらず、天よりくだりたるにもあらず、地より出たるにもあらず、只今日の人の上にて、かくすれば人もこれを悦び、己もこゝろよく、始終さはる所なふよくおさまりゆき、又かくせざれば人もこれをにくみ、己もこころよからず、物ごとさはりがちにとゞこほりのみおほくなりゆけば、かくせざればかなはざる人のあたりまへより出来たる事にて、これを又人のわざとたばかりて、かりにつくり出たることにもあらず。されば今の世にうまれ出て、人と生るゝものは、たとひ三教を学ぶ人たりとも、此の誠の道をすてゝ、一日もたゝん事かたかるべし。

（『日本哲学思想全書』宗教論一般篇）

著者は、この一節を次のように読み解いている。

この『天よりくだりたるにもあらず。地より出たるにもあらず』という言葉は、『誠の道』が、あきらかに『天道』から切り離されていること、仲基のいう『人のあたりまえ』が、『天理』にその根拠をおく朱子学的『性』の概念とはまったく異なるものであることを示しているといえるだろう。

『誠の道』は、あくまで『只今日の人の上』において説かれるものであり、その『誠』たるゆえんは、各人の心に分殊された『天理』の超越性によるものでもなく、また『人のわざとたばかりて、かりにつくり出たる』という外在化された規範のなかに存するものでもない。『かくすれば、人もこれを悦び、己もこゝろよく、始終さはる所なふ、よくおさまりゆき、又かくせざれば、人もこれをにくみ、己もこゝろよからず』云々という言葉にあるように、それは、社会的生活を営む上での、対他的関係の中で見出されていくものであった。『人のあたりまえ』とは、そのような自他関係をふまえて、とるべき行動を決定する人々のあたりまえの判断力を指しているのである。

ここに出てくる「社会的生活」、「対他関係」、「人々のあたりまえの判断力」という言葉とその実態は、十八世紀の日本においても「超越的」な存在を規範にした人々の生活が、ようやく横の、社会的関係を重視したものに変容しつつあることを示しているものである。

一九六三年十一月、当時の国鉄・鶴見駅付近で起きた横須賀線の列車事故で犠牲になった、哲学者であり、科学史・技術史研究で先駆的な業績を残した三枝博音は、かつてその著『日本の唯物論者』（栄宝社）のなかで、十八世紀の日本の在りようをつぎのように述べていた。

日本に人の集まりとしての社会（gesellschaft）がぜんじ形成されつつあった時代であるということができる。町衆から発達しはじめた町人社会ができはじめていたのである。日本では経済論らしきものは徂徠の『政談』がはじめてであるが、とにかく人間の経済生活を中心として政治が論じられるところまで、もう来ていたのである。

仲基の『誠の道』が、「只今日の人の上」の問題として、「あたりまえの」対他関係の在りようとして、「人間の経済生活を中心として政治が論じられ」るような、あるいは政治を超越的な対象に収斂させることですますことのできないような時代の到来を先駆的に捉えていたことは確かなことであろう。

著者は「おわりに」で、「『翁の文』における仲基の『誠の道』と、『中庸』をめぐる（中井）履軒の『誠』の位相は、十八世紀懐徳堂周辺の知識人が共有していた知の特質をよく示しているといえるだろう。（中略）仲基の提唱するあたりまえの『誠の道』は、徂徠学批判を契機として、人間の認識そのものを対象化し、そこに学の基礎をすえるものであった」と言っている。

『玉勝間』で、「ちかきよ大坂に、富永仲基といへし人有、延享のころ、出定後語といふふみをあらはして、仏の道を論へる、皆かの道の経論などいふ書どもを、ひろく引出て、くわしく証したる、見るにめさむるここちする事共おほし、……ほうしにもあらで、いといみじきわざにぞ有りける」と本居宣長をして感嘆せしめたことを嚆矢に、拙稿の冒頭でも触れたようなさまざまな立場からの毀誉褒貶のなかで、著者は近代になって内藤湖南が「日本が生み出した天才として、これは立派な第一流の人」と評価したことで仲基への評価と関心が高まったとしている。戦後では、先の三枝博音も仲基を高く評価したひとりに数えられるであろう。最近では、加藤周一の戯曲が仲基の存在を広く世に知らせたことになる。

いずれにせよ、富永仲基の思想とこれに連なる、いわば江戸期の町人知識人たちの思想は、その歴史的現実と確かに照合させながらより精密に検証されてしかるべき価値をもっているると思える。著者の仕事がその一翼を担うものであることは間違いのないところであろう。

本書の論旨の展開とは直接には関わらないことであるが、著者の「あとがき」にのべられている学徒としての「試行錯誤」の具体は、なかなかに感銘深いものとして筆者には受け止められた。著者が「思想史の研究を志して大阪大学大学院を受験したのは、三十四歳の時であった」という。それまでは「神戸大学を卒業以来十年以上、まったく学問的世界とは縁のないところで生きてきた」と述べている。そして「子どもを連れてゼミに」出るような条件のなかで、夫や義母、二人の娘さんたちの協力を得ながら研究生活を続けてきたということである。人々の個別化が極度に進展し、世俗的な目前の利益を求めての競争とモノカルチャー文化が蔓延しているなかで、持続的で地味なたゆまぬ研鑽を必要とする学問の世界に、前記したような条件のなかで着実にその成果を積み上げてきた著者に、敬意を表したい。

洟水と節々の痛みに悩まされながらの読書も、こうした著者の生の具体に触れた事で、幾分かは心地好いものになった気がする。

深夜妄語――24

〈1999年4月〉

ドイツ中世史の研究者として知られている阿部謹也氏が、最近『日本社会で生きるということ』（朝日新聞社）を刊行された。収録されているのは、「東日本部落解放研究所第八回総会」、「人権問題指導者養成研修会」、あるいは「千葉県部落問題啓発センター第五回定期総会」、「公衆衛生学会第五六回総会」、「中央政策研究所研究セミナー」といった、いわば阿部氏の専門領域とは直接関係のない場所での講演集である。

専門の分野の外の人々に語りかけるという阿部氏の在りようには、従来の学者についての一般的な通念を超えるものがあって、氏の学問への向き合い方にさわやかな共感とでもいうべきものが感得できる。

これらの講演の主題は、阿部氏が「三十年来ドイツの中世、特に後期中世の社会史を」研究してきた過程で、「一九六九年から二年間ヨーロッパで暮らした時に」気づいたという、「ヨーロッパの人間と人間との関係の在り方が、日本の」それと根本的に違うということと、「その違いがなぜ起こったのかという」（本書、冒頭の「なぜ『世間』をとりあげるのか」）問題意識をめぐってである。それは阿部氏によれば、ヨーロッパの「社会」と、日本の「世間」というものの違いである。この「社会」と「世間」について阿部氏は、すでに『「世間」とは何か』（講談社現代新書）や『ヨーロッパを見る視角』（岩波セミナーブックス）などで論じていて、この講演での話の中身は、大筋でそれを敷衍したものということもできる。筆者は、『葦牙』第二十三号の拙文で、これらの著作の阿部氏の論点を紹介したが、今度それを話し言葉というかたちをとおして読んでみると、論文のスタイルとは異なった、話の隙間とでもいうべき論文にはない省略・余白の中から、読み手である筆者自身がそれを補おうとして、さまざまな想念が湧きあがってくるという、思わぬ発見・収穫を得ることができた。

筆者は、近刊の『葦牙』第二十五号で、昨年亡くなった作家・堀田善衞の『方丈記私記』と『定家名月記私抄』をめぐっての拙論を書いたが、その中の『方丈記私記』に、若き日の作者が、三月十日の東京大空襲の直後に深川の富岡八幡宮の境内で、天皇の焼け跡視察を目撃した場面がある。若き日の作者を驚かせたのは、境内の周辺に集まった人々が「本当に土下座をして、涙を流しながら、陛下、私たちの努力が足りませんでしたので、むざむざと焼いてしまいました。まことに申訳ない次第でございます。生命をささげまして（この償いをいたします・筆者註）、といったことを、口々に小声で呟いていた」情景だった。作者は、こうした情景が現出する背景に「無常観の政治化とでもいうべき」ものがあると指摘していた。「この無常観の政治化されたものは、とりわけて政治がもたらした災殃に際して、支配者の側にとっても、また災殃をもたらされた人民の側としても、そのもって行きどころのない尻ぬぐいに、まことにフルに活用されて来たものであった」と作者は言い、「この『無常観の政治化』が表裏のものとして」もっているのが、政治的責任者の無責任体制だ、と言っていた。

この「無常観の政治化」に密接に繋がっているのが「世間」であり、そこに醸成される「一体感」というものであることを筆者は、阿部氏の著作をとおしてあらためて確認することができたのである。

「明治政府は、国と一体だと言わせようとしたのです。しかし、日本人はかつて国と一体となったことはない。過去においてもそういうふうに教えこまれたことはありますが、日本人が一体だとおもっていたのは社会でもないのです。それを私は分析して、一九九五年に『「世間」とは何か』という本にしました。日本人が自分と一体だと考えているのは『世間』という人間関係です」と阿部氏は述べている。前出の富岡八幡宮の境内の情景は、「世間」というこの国に独特な人間関係を利用しながら、それを国との関係に無理に推し広げた戦時中の政府・支配者たちの施策が具現したものであるのはいうまでもない。人民は「天皇の赤子」であるというイデオロギーは、日本人の文化の内実に深く根を張っている「世間」とそこに醸成される「一体感」を利用したものである。阿部氏は、子どものころの思い出として、祖母に「ぼくは、おばあちゃんの子なんかではない。天皇陛下の子だ」と言ったところ、お祖母さんは「そうかい、じゃあ、おまえは天皇さんに食わせてもらえ」といわれたというエピソードを紹介していた。

阿部氏は、インディビジュアル、つまり西洋の「個人」がお互いに異なる利害を調整することから成立した「社会」・ソサイエティと、一定の利害をともにする人間関係の絆で形成された日本や東洋の「世間」との歴史的・文化的な差異を詳しく追究しつづけて、日本人にとっての、いわば所与としての「世間」を対象化することの必要を繰り返し説いている。「『世間論』は差別論である限りは文字の世界に生きている学者先生よりは行動と振る舞いの日常生活に生きている人々に訴えているものであり、何よりも具体的な日常生活の場で検証されなければならない問題なのである。さらに『世間論』はわが国の個人の生き方に関する問題提起であり、個と集団の関係についての論でもある」と、本書の「あとがき」で述べている。

日本人にとって、運命的なまでに日常生活に密着し、それからの離陸・離脱が極めて困難な「世間」は、しかし、学問でも社会的な関心からもほとんど自覚的に取り上げられていない、と阿部氏はいう。氏は「社会」は日本にその実体がない、輸入された観念語であるために、無造作に社会を変えるなどというが、「世間」は実体があり、しかもそれを対象化していないために、誰も「世間」を変えようとは言わないとも指摘している。

筆者の先の『方丈記私記』論との関連で興味深かったところは、阿部氏が万葉の昔から「世間」は「無常」という言葉と「必ず対になって使われて」きた、と指摘していたことである。阿部氏によれば「世間無常」には二つの意味があって、ひとつは「世の中がどんどん変わってしまうという意味」ともうひとつは「自分の『世間』が無常だ」というものである。

この二つの意味を持つ「無常」を、鴨長明の『方丈記』に即して見てみると、長明の在りようや『方丈記』の歴史的位置づけや意味がいっそうよく見えてくるような気がするのである。

『方丈記』の冒頭はよく知られているように、「世の中」がどんどん変わってしまうことを述べている。

ゆく河の流れは絶えずして、しかも、もとの水にあらず。淀みに浮ぶうたかたは、かつ消えかつ結びて、久しくとゞまりたる例なし。世中にある人と栖と、またかくのごとし。

（『日本古典文学大系』岩波書店）

長明は、こうした彼を包み込んでいる「世中」・「世間」の有為転変に翻弄される自身を、そこから引き剥がすことで、つまり「無常」を経由することで、「世間」を相対化しようとして苦闘したのである。「すべて世中のありにくゝ、我が身と栖との、はかなく、あだなるさま、またかくのごとし。いはむや、所により、身の程にしたがひつゝ、心をなやます事は、あげて不可計」、あるいは、「世にしたがへば、身くるし。したがはねば、狂せるに似たり。いづれのところを占めて、いかなるわざをしてか、しばしもこの身を宿し、たまゆらも心を休むべき」。長明のこの嘆きは、彼の「世間」であったはずの平安末期の貴族の「世間」からドロップ・アウトしてしまったことによる。それはまさに、「羽なければ、空をも飛ぶべからず。龍ならばや、雲にも乗らむ」（同上）というほどの無念さ、口惜しさであった。彼はその無念さ、口惜しさを通して、「世間」という保護膜を剥がした、裸の「私」を発見し、「世間」を対象化することができたのである。これまでの日本人は、長明のような仕方を通して、あるいは、そうすることでしか「世間」を対象化することができなかったのである。しかしこの「私」が、西洋の「個人」とは異質な存在であるのは、いうまでもない。

阿部氏は、この「社会」と「世間」の歴史的・文化的な相違を明確にしながら、だからヨーロッパに倣え、というのではなく、むしろ明治以来のこの国の近代化のなかで、「世間」を対象化するような葛藤・努力を怠り、実体のない「社会」や「個人」を建て前として扱ってきた、ダブル・スタンダードの在りようこそが、「世間」の延命を助けていると指摘している。

折りから、鹿児島の斉藤きみ子さんからの、『葦牙ジャーナル』への寄稿が私の許に届いた。斉藤さんは、今日の子どもたちの間で深刻な課題になっている「学級崩壊」の背後にある問題を、日本の教育システムとの関連で考察している。

今日の子どもたちを悩ませているのも、「世間」の存在と、他方の世界的な規模での「普遍」との乖離に、「大人」たちをふくめた学校システムが無関心であるか、無頓着であるためだといえよう。

阿部氏はかつての高校生のときの経験として、教師が建て前だけで「社会」や「個人」が実際に存在しているかのような前提で教えていて、卒業式などで「皆さんは将来、社会に出てから苦労があろうと、自分の主張は曲げてはならない」とお説教されたことを述べていた。しかし実際に生徒たちが出ていく先は「社会」でも、「個人」としてでもなく、日本流の「世間」の人間関係の中である。その中での対処の仕方、つまりは、「世間」の実体とそのなかで「自己」をいかに保持していくかという、具体的な手だては全く教えて貰えなかったのである。こうしたところからは、「世間」との葛藤をとおして、たしかな自己をつくりあげていくプログラムを見出だすことはできない。斉藤さんの主張も、このダブル・スタンダードの狭間で苦しむ子どもたちの実態の告発であり、それを改善できない学校教育のシステムへの厳しい提言である。

深夜妄語——25

〈1999年6月〉

この春からのNATO軍の空爆をへて、セルビア共和国大統領ミロシェビッチがコソボ自治州からの同共和国軍隊の撤退を受け入れたことで、いわゆる「ユーゴ紛争」は一応の収束をみせるようになった。

第二次世界大戦中、十九世紀初頭にナポレオンがスペイン、ロシアに侵入した際、彼の軍隊を悩ませたゲリラ部隊のスペイン語の名「パルチダス」に由来する、「パルチザン」という言葉を軍事的・政治的な勝利とともに世界的なものにした、ユーゴ共産党のリーダー、チトーによって建国された新生ユーゴスラビアが、こんにち、泥沼化した民族主義的な紛争によってかくも無残に解体するとは誰も予想しなかったことである。

「ヨーロッパの火薬庫」といわれるバルカン諸国のなかでも、不安定な要因を歴史的に抱えもっているユーゴスラビアは、戦争と殺戮の世紀であった今世紀の悲劇的な震源地のひとつとしての役割を担った。

かつて、オスマン・トルコ帝国とハプスブルク帝国（オーストリア・ハンガリー帝国）に支配されたこの地域は、トルコの東方オリエント文化とハプスブルクの西方ヨーロッパ文化の境界地点である。一九一四年六月二十八日の日曜日、ボスニア・ヘルツェゴビナの首都サラエボを訪れたオーストリア皇太子フランツ・フェルディナントは、市庁舎へ向かう途中、カブリノウィッチという若い植字工に爆弾を投げつけられたが、この時は随員と群衆が負傷しただけで、皇太子は無事であった。しかし、この直後、十九歳のセルビア人学生ガブリエル・ブリンチブが放った銃弾で命を落とすことになった。第一次世界大戦は、このセルビア人学生の凶弾が導火線となってその火蓋をきる。この大戦の結果、両帝国は解体し、「ユーゴスラビア王国」が誕生する。しかしこの王国は、第二次世界大戦でドイツの侵略をうけ、わずかな期間で降伏する。王国の解体によって、歴史的に伏在していた民族主義の潮流はドイツ・イタリアによる分割占領で増幅され、クロアチア対セルビアの血なまぐさい抗争を誘発することになった。

この民族主義抗争を終息させ、「諸民族の友愛と団結」をかかげて占領軍への抵抗、パルチザン闘争をよびかけたユーゴ共産党の指導者、ヨシプ・ブローズ、通称チトーのめざましい指導力は、ついに多民族国家ユーゴを「連邦人民共和国」から「社会主義連邦共和国」へと、歴史的にもかつてなかった強固な統一連邦国家へとまとめあげていった。彼はソ連の干渉に反対し、「自主管理」「非同盟」の独自な社会主義路線をこの国に現出させた。

しかしこの、新しい国家体制も、指導者チトーの死去とともに文字どおり、かつての四分五裂状態に戻ってしまうことになった。

ユーゴスラビア（現在のセルビア共和国を主たる領域とするミロシェビッチは、連邦国家の後継者として国際的に認められていない）の面積は日本のそれとほぼ同じである。日本の戦国時代の群雄割拠を想起させもする今日のユーゴの在りようは、歴史的に蓄積された民族、言語、宗教、文化などの違いによるものだが、北西部と東南部との歴然とした経済的格差も民族対立の重要な要因になっているといわれている。

『ユーゴ紛争』（講談社現代新書）の著者、千田善《ちだぜん》氏は、「かつてユーゴが存在していた地域には、現在、国際的に認められた独立国が五つある」として、「スロベニア、クロアチア、ボスニア・ヘルツェゴビナ、『新ユーゴ』（セルビアとモンテネグロの連邦〈ミロシェビッチの支配下にある・筆者〉）、マケドニア」を挙げている。さらにややこしいことになるが、これらの国のなかに「国家内国家」というものが存在している。クロアチアとボスニア・ヘルツェゴビナの中にセルビア人のそれが二つ（クライナ・セルビア人共和国、セルビア人共和国）、それにクロアチア人のそれが一つ（ヘルツェグ・ボスナ・クロアチア共同体）ある。前掲書のなかで、千田氏が引いていた一九八八年の「旧ユーゴ連邦統計局資料」によれば、北西部三共和国の全連邦中の生産高の割合は、スロベニア共和国一八・九一パーセント、クロアチア共和国二五・八五パーセント、ボイボディナ自治州一〇・八三パーセントにたいして、現在ユーゴ問題の焦点になっているコソボ自治州は二一・二三パーセントを占めているにすぎない。ユーゴ紛争のキーパーソン、ミロシェビッチが大統領のセルビア共和国（旧ユーゴの首都ベオグラードがある）は、二二・四四パーセントで全共和国中の中位である。この経済格差を背景とした地域エゴが、チトーの死後襲って来た経済危機のなかで高まり、諸々の共和国指導者たちの民族主義を利用した権力的地歩の欲求と結びついた経緯を千田氏は指摘している。

千田氏は「民族のモザイク」国家ユーゴにおける民族主義による紛争の背景にある文化の違いを、民衆音楽の在りようを例にして、トルコ・オスマン帝国がもちこんだ中東風「演歌」と、ハプスブルク帝国によるアルプスのヨーデルとカンツォーネ音楽とに二分されている実情を次のように述べている。

バルカン半島のほとんどが「演歌地帯」で、ブルガリアやギリシャの流行歌も、哀愁をおび、どこか懐かしいものが多い。十九世紀の近代化で持ち込まれた西欧音楽が、旧来のアジア的な旋律と混じりあった経過は、日本の演歌の生い立ちともよく似ている。「旧ユーゴの演歌は、古賀メロディ調あり、ポップ演歌あり、歌詞やタイトルにも聞いたようなものがある」という。

先日、アルバニア系の住民がセルビア軍の撤退の後を追って、コソボに帰ってきたときの写真を新聞紙上でみたが、そのコメントに、一家族がバス一台をチャーターして乗っているとあった。一族がおおきく纏まっている世帯共同体は、ユーゴの各地にみられるもののようである。一九六二年の『世界の歴史』（中央公論社）に、一九三〇年代に撮影したというセルビアの五十人ほどの家族の一団が団体旅行の記念写真のように、上下に数段ぎっしり並んでいる光景が掲載されていた。写真の説明には、「このような家父長的な世帯共同体が十九世紀末まで多く存在していた」とある。「中世時代を通じてセルビアに強い影響力をふるったビザンチン帝国も、近代におけるトルコ帝国も、貢納徴収のために、このような制度をそのまま利用していた」ことと、これが「大セルビア主義、大クロアティア主義、大スロヴェニア主義」（同書）といった南スラヴ族のなかに生まれる民族主義の矛盾の根源にもなっていることは、かねてから指摘されていたことであった。このような経緯からして、今日においても、こうした家父長的な世帯共同体とそこに育まれた意識は、ユーゴの人々のなかに根強く生き続けているのであろう。他面、このような家族的な結び合いが、かのパルチザンの士気を底深く支えていたであろう。そしてまた、周辺の列強諸国は、これを矛盾・相剋のエネルギー、民族主義的対立に政治的に転化させることでその支配を維持しようと図った。この構図は、世紀末の今日のユーゴ紛争の悲劇を増大させた欧米諸国の関与のなかにも歴然と見られるものでもある。

『ユーゴ紛争』のなかで千田氏は、一九九二年三月三十日、「ボスニア戦争」で初めての「戦争犯罪」裁判で死刑判決を受けたボリスラフ・ヘラクという青年兵士について述べている。彼は、八年制の小学校を卒業してサラエボの繊維工場で台車を押す労働者になった。彼は、工場でムスリム人（イスラム教徒）ともセルビア人（セルビア正教徒）とも仲良く交際していた。彼がセルビア側の兵士に志願したのは、セルビア側に「来なければ民族の裏切り者になる」という伯父のしつこい誘いによるものであった。伯父はさらに「セルビア軍に志願すれば、家もテレビも、それに給料ももらえる」と言って彼のささやかな欲望も刺激した。「サラエボに残っていれば、ムスリム人に殺される」という伯父の脅しは、彼がセルビア兵に志願する決意を促した。彼は、上官が命じた民族浄化作戦の残忍な殺戮やレイプに荷担し、略奪もした。兵士の月給は十ドイツ・マルク（約七百円）にすぎない。略奪は彼らの安月給を補う格好の標的であった。この戦闘のさなかに、彼の父が、ムスリム人に殺されたという知らせが届く。事態は、伯父の言った通りになった、と彼は思った。しかし、ボスニア側に捕らえられたとき、父は生きていたのであった。しかも父は、「いさぎよく真実を話すように」とことづけをよこしてもいたのである。セルビア側に騙されたことを悟った彼は、「ボスニアのセルビア軍が何をしているかを、全世界に知ってもらうためだ」と言って自分のこれまでの行為を進んで明らかにし、死刑の判決を自らのぞんだ。

このヘラク青年の在りように、先のこの国の十五年戦争に参加させられた日本の貧しい青年兵士の姿が重なるように彷彿するのを覚えるのは、筆者だけではあるまいと思う。ヘラクの本来の生活は、民族的差別などとは無縁なものであった。彼の生活はしかし、大家族の環、つまりはその人間関係を除外しては考えられないものでもあった、と思う。彼の兵士としての行動は、彼自身の栄達とともに大家族の、それはひいてはセルビア人の栄達と結びつけられていたのであろう。この国の「大東亜共栄圏」の妄想を支えていたのも、ヘラクと同様な境遇と経緯にとらわれた貧しい青年兵士であった。このような妄想がまた白昼罷りでてきたようである。五月二十四日付『朝日新聞』によれば、国会でのガイドライン法案審議をめぐって、自由党の達増拓也衆院議員は「(憲法) 九条を捨てて世界に出ようと言いたい」と発言したと報じられていた。彼は三十四歳、外務官僚出身で、湾岸戦争当時、外務省派遣の留学生として米国の大学院に在学していた。彼は留学先で、「日本はなぜ軍を派遣しないのか」と何度も質問された経験から、「国際平和のために各国が力を合わせようとしている時に、どうして日本だけできないのか、九条は戦争への歯止めではなく、平和への足かせだ、と感じた」という。この若い議員の軽薄さを糾し、ユーゴでの欧米ロ諸国の介入に見られる「国際平和」とは無縁な実態を直視するうえでも、千田氏の『ユーゴ紛争』と近刊の『ユーゴ紛争はなぜ長期化したか』(勁草書房) は有効であろうと思う。

深夜妄語――26

〈1999年8月〉

きたる九月五日には、堀田善衞の一年忌がめぐってくる。

この六月には、堀田が生前『冷泉家時雨亭叢書』（朝日新聞社出版局）の月報に、九二年十二月から九八年六月まで三十一回にわたって、この国の古代から中世に書かれた古典文学の諸作品についてエッセイ風な感懐を述べたものが、『故園風来抄』（集英社）にまとめて刊行された。

この本の末尾には、「一言芳談抄」と題された、著者の書きかけの、未完の文章も載っている。巻末のことわり書きに、一九九八年五月二十日に執筆されたとある。逝く三月有余ほども前の著者の仕事ぶりが偲ばれる。

この「一言芳談抄」の書きだしは、次のようである。

まだ若い学生であった頃に出会った、短い、それこそ「一言」でしかないもので、思い出せばいまだに私の胸裡に、そして耳朶を打つようにして鳴り響いている、一つの音であった。

晩年の著者が、忘れることのできないものとして、彼の「耳朶を打」ちつづけたひとこと、それは、「戦時中の若者の胸を引き裂くようにして貫いて来たものであった」。

堀田善衞の胸裡に鳴り響く、若き日以来の忘れ難いひとことを、いまに蘇らせた事態は、かつての国家規模での妄想・亡霊の蘇生を思わせる、昨今の「君が代・日の丸」の政治による押しつけなど、戦後五十余年にわたる人々の営為をあからさまに否定しようとする政治の横行が少なからぬ動機としてはたらいていたにちがいない。そしておそらく、こうした事態についての人々の、確かな歴史意識にもとづく批判と反撃の勢いの意外な弱さも、もどかしげにわだかまっていたと、思える。

堀田の戦時体験とその痛切なおもいは、これまでの作品や発言のなかに確かに見てとれるが、この絶筆のなかにも截然と表明されている。彼の、日本の古代・中世の古典に向き合う姿勢に、とりわけそれは鮮明であるが、『故園風来抄』は、そうした著者の遺言としても相応しいものといえよう。

著者が『故園風来抄』でとりあげている、『懐風藻』、『万葉集』、『竹取物語』、『伊勢物語』、『源氏物語』、『古今集』、『梁塵秘抄』、『徒然草』、『日本霊異記』、『愚管抄』等々について、そのいちいちをここで取り上げて紹介する紙幅はのぞむべくもないが、なかで、筆者の心にかかったいくつかの挿話を引いてみることにしたい。

『源氏物語』の作者・紫式部が、当時の宮廷スキャンダルを「堂々と、あるいはぬけぬけと書き抜いた」ことに、堀田は、「他に類がない」ものとして高い評価を与え、「西欧でこの作品が容易に受け容れられるのについては、このあたりにその因があるのかもしれない」と述べている。そして、

紫式部はまた、自分でこの物語を書いていながら、自分の物語観、自分の物語論をも、「さてこのいつわりどものなかに（それにしてもこの嘘八百を並べ立てた中に）、げにもさもあらむとあはれを見せ（なるほどさもあろうと人の心を打ち）」とか、また「日本紀などは、

ただかたそばぞかし（ほんの片端にすぎない）、これらにこそ（物語のたぐいにこそ）道々しくくはしきことはあらめ（為になる細かいことは書いてありましょう）」としてしたたかに自己主張しているところなどもある。／そしてここまで高度な自意識をもった作家であった紫式部は、後世に本居宣長が源氏の「不義悪行」について、「この心ばへを物にたとへて言はば、蓮を植ゑてめでむとする人の、濁りてきたなくはあれども、泥水をたくはふるがごとし。物語に不義なる恋を書けるも、その濁れる泥をめでてにはあらず、もののあはれの花を咲かせん料ぞかし」（源氏物語玉の小櫛）などと書いているのを読んだとしたら、ただひとこと、／――いとかたはらいたしや。／と言ったかもしれない。

と、紫式部の権威におもねることのない、作家として自負と認識の鋭利さを指摘している。

この同じ項の中で、かつて中野重治が著者に「天皇を登場させた小説を書きたい」と、語ったことが述べてある。中野は、「天皇というものはたった一人しかいないので、モデルとしては使えない、この世にたった一人しかいないものはモデルにならないし、なれない。そこでモデルでない天皇を天皇として登場させたいが、しかしこの世にたった一人しかいないものを登場人物としては使えない云々、という、何やら堂々めぐりのようなことを苦しげな面持ちで」言ったという。紫式部は「実に堂々と、あるいはぬけぬけと天皇を登場させ、畏れ多いなどという考えはまったくみられないが、紫式部と中野重治の間にある天皇観の較差は、そのままで天皇制の歴史を物語るものであろう」と、堀田は回想している。

実際のところ、古典のすべてとは言わないまでも、その多くには、天皇を「あくまで一登場人物」として扱っているものが少なくないのである。

そうしたところからしても、著者が『竹取物語』について、「諷刺喜劇・風流夢譚」として見ている観点には、共感させられるものがある。

著者は、「この物語についてては、あまりに童話化が行き過ぎていると思われる」として、「まともに読んでみれば、なかなかに凄まじい物語なの」だと言っている。ともあれ、『源氏物語』が、『竹取物語』を「物語の出で来はじめの祖」としていることからも、この作品の歴史的、文化的意義はより確かに探求される必要があろうと思える。

著者に促されて、筆者は『竹取物語』を再読してみた。物語の大団円である八月の十五夜、かぐや姫が、「飛ぶ車」と随臣をしたがえた月の王の迎えをうけて、この世に別れを告げ異世界へ昇天する間際の情景に筆者は、あらためて感銘をうけた。その情景は、次のようである。

天人の中に持たせたる箱あり。天の羽衣入れり。またあるは、不死の薬入れり。一人の天人言ふ。／「壺なる御薬たてまつれ。穢き所の物きこしめしたれば、御心地悪しからむものぞ」／とて、持て寄りたれば、いささか嘗め給ひて、少し形見とて、脱ぎ置く衣に包まんとすれば、ある天人包ませず。御衣を取り出でて着せむとす。その時、かぐや姫、／「しばし待て」と言ふ。「衣着せつる人は、心異になるなりといふ。もの一言、言ひ置くべきことあり」／と言ひて、文書く。天人、／「遅し」／と、心もとながり給ふ。かぐや姫、／「もの知らぬことなのたまひそ」／とて、いみじう静かに、おおやけに御文たてまつり給ふ。あわてぬさまなり。かくあまたの人を賜ひて、止めさせ給へど、許さぬ迎へまうで来て、取り率てまかりぬれば、口惜しく悲しきこと。宮仕へつかうまつらずなりぬるも、かくわづらはしき身にて侍れば、心得ず思しめされつらめども、心強く、承らずなりにしこと、なめげなるもの（無礼な者・筆者）に思しめしとどめられぬるなむ、心にとまり侍りぬる。／とて、／今はとて天の羽衣着るをりぞ／君をあはれと思ひいでける／とて、壺の薬そへて、頭中将呼び寄せて、奉らす。中将に、天人取りて伝ふ。中将取りつれば、ふと天の羽衣うち着せたてまつれば、翁を「いとほし、かなし」と思しつることも失せぬ。この衣着つる人は、もの思ひなくなりにければ、車に乗りて、百人ばかり天人具して、昇りぬ。

（『新潮日本古典集成』）

この時代の文章の特徴で、主語がしばしば省略されていて、このままでは理解しにくいところもあるが、ここで明らかなのは、竹取の翁や、かぐや姫に懸想して望みを断たれた天皇や、かぐや姫を天人の国に送るまいと天皇が派遣した軍勢などの、いわばこの世のさまざまな階層秩序や価値観とは、まったく無縁な天人の国の存在とその秩序・価値観が、冷徹なほどに書き分けられていることである。つまりこの作品世界は異なる世界の存在をそれとして対置して描いていて、この世の価値観で物語の世界を自己完結させていないというところである。

加藤周一は『日本文学史序説　上』で、この作品について当時の「貴族社会に対する辛辣で、ほとんど嘲笑的な調子さえもある。他方同じ作者は、かぐや姫を可愛がっていた竹取の翁が天皇の約束する官位に動揺するという職人の弱みも見逃していなかった。併せて作者が貴族の出であるよりは、むしろ専門的な知識人であったことを示唆しているのかもしれない。その文学的才能に到っては、空想的な物語の枠組と個々の状景の鋭く現実的な描写との際立った組み合せ（ほとんど西洋近代の、たとえばE・A・ポウやE・T・A・ホフマンをさえ思わせるところの）に、実にあざやかにあらわれていて、疑いの余地がない」と絶賛している。加藤周一は前掲書で、「もと土器をつくる工人の一族で、貴族ではない」菅原氏が、藤原氏が勢力を得るまでは文章博士として、重んじられていたことを指摘し、『管家文草』や『管家後集』などが、山上憶良の「『貧窮問答』以後、平安時代を通じて」唯一、「庶民の飢えや」暮らしの苦しみにふれているものである、として、『竹取物語』の作者が菅原氏の系譜に属する知識人である可能性を示唆している。

菅原氏は紀氏とともに、新興貴族の藤原氏に追い落とされている。藤原氏は、天皇家と姻戚関係を結ぶことを通じて、絶大な権力を手にした。前出の『日本文学史序説』は、十世紀（摂関時代）から十二世紀（院政期）にかけての日本は、「大陸との交渉はほとんどなく」この国の歴史の第一鎖国時代であったと指摘している。『竹取物語』は、この国が鎖国による自己完結体制に向かう束の間の狭間に咲いた、大輪の花とでも言うべきであろう。

こうした批判精神が文学として結実する条件が、現代のこの国にどのような姿でか存在することを信じたいものである。

深夜妄語——27

〈1999年10月〉

茨城県東海村のウラン燃料加工会社JCOの工場で発生した、ウラン燃料製造過程での臨界事故は、原子力産業の危険性をあらためて現実のものとして人々に印象づけた。この事故は、マスコミなどの報ずるところによると、作業がマニュアルどおりに行われず、製造システムの許容量以上のウランを注入した結果、硝酸ウラン溶液が臨界に達し、放射性物質が拡散したということである。事故の性質は極めて原始的・初歩的なミスによるものとされているようである。事故にいたった経緯や、これを誘発した管理上・経営上の因子などの詳細は、日を追っていっそう明らかになるであろうが、事故直後の現時点で現れた事象をとおして、筆者なりの考えを述べてみたい。

事故は、この地域に生活する人々を非常な脅威にさらしただけでなく、原子力行政の独善性と、無責任体制のもとで生きなければならない不幸と危険を日本人全般に自覚させるものでもあった。そうした実際の問題とともに、筆者は、この事故から、人間の形成してきた「モノづくりの文化」がその歴史性を捨象することで崩壊していく在りようを痛感させられたのである。

人間は自然に働きかけ、自らの生活に必要な手だてである道具や施設をつくることに、その能力を注ぎ込んできた。肉体を訓練し、精神を練磨して素材を選び、加工し、そこに美をも見出だしてきた。素材をある目的をもった製品につくりあげるために必要な系統的知識と経験・熟練の蓄積は、「モノづくり」に不可欠の要素であった。そこには人間の知的、肉体的能力を総合し統一した高度の達成が蓄積されている。人間が人間として存在し得る唯一の拠りどころが「モノづくりの文化」であったといえよう。

この人間の最も主要な構成要素が、世紀末の今日、微細に細分された分業体制と大量生産、大量消費のシステムによって分解されつつある。

この実態は、人間の分解を必然的に招来するものというべきである。

かつて、モノづくりは、そのプロセスから完成まで、それにたずさわる人間によって知的に経験的に綿密にイメージされていたものであった。しかし昨今の大量生産、大量消費システムのもとでの微細に細分化された分業によって成り立つモノづくりは、たしかに効率の点では飛躍的な効果を挙げ、規格化されたモノ・商品を大量に生産することに貢献している。この規格化、効率化は、モノづくりにあたっての人間の一貫したイメージを分節化し、マニュアル化していった。モノづくりに従事する人間は、製品の全体像を所有することなく、分節化した工程の一部をマニュアルに従って加工する機械的労働を強いられることになった。この機械的労働にとって、分節化しマニュアル化した作業は、それ自体が完結したモノづくりであるかのような錯覚を当事者にもたらす。

ＪＣＯの酸化ウラン製造過程におけるマニュアル化、分節化も、原子力・核燃料の作用全体のイメージから隔絶された分節労働と、効率生産追求がもたらしたものというべきであろう。モノづくりの全体のイメージを欠いた分節化・マニュアル化は、必然的に分節化・マニュアル化それ自体をいっそう抽象化し簡略化する性向をもつであろう。

技術史学の碩学であった星野芳郎氏は、『現代日本技術史概説』のなかで、技術の発展の意味について、次のようにのべていた。

一九〇七年にベークランドによりホルマリンと石炭酸との重合によってつくられたベーク

ライト（フェノール樹脂）と、一九三五年に登場したナイロン（ポリアミド樹脂）とは、達成された生産上の課題——つまり、製品としてはともにプラスチックとして共通のわく内に入れられるものであるので、両者のあいだにそれほどの大きな技術水準の差をもうけないことになる。ところが、技術の発展における形式あるいは結果よりもさらに内容あるいは過程を重視したみかたに立つと、両者の技術水準は一段階ちがったものになる。なぜなら、前者は、せいぜい、十九世紀末の有機科学を基礎とした技術学法則によって得られたものにすぎないが、後者は二十世紀の高分子化学を基礎とした技術学法則を適用してはじめて得られたものだからである。

右のような例を引いたうえで、星野氏は、技術の発展ということの意味をどうとらえるべきかについて、

技術の発展の真の指標は、達成された生産上の課題あるいは技術的結果にもとめるべきではなく、そうした結果が得られたさいに把握され適用された技術学法則あるいは工学法則の水準にもとめるべきである。なお、こうしたときに、技術を「生産的実践における自然法則性の意識的適用」とする考えかたは、とりわけ有用となる。

と指摘していた。星野氏は、技術の本質について「結果よりも過程を、形式よりは内容を重視」することを主張していたのである。

技術、あるいは人間の「モノづくり」の歴史は、星野氏の指摘のような、「結果よりも過程を、形式よりは内容を重視」し、「生産的実践における自然法則性の意識的適用」という知的蓄積をとおして発展してきたものである。

ＪＣＯの事故をはじめ昨今の大量・規格生産の風潮は、効率と利益という結果と、技術の形式的受容、工程の形式化・マニュアル化、抽象化によって支えられているといっても過言でないような実態にあるようである。「モノづくり」の実践・創造とその経験の追体験、つまり「過程」と「内容」の空疎化がもたらす慮外の結果・大災害の発生は、分節化されマニュアル化された思考スタイルからは完全に排除されている実情にあることが今度の事故で繰り返し証明されたことになる。

「技術の発展の真の指標は、生産上の課題あるいは技術的結果」にあるのではなく、そうした課題や結果が得られた際に「把握され適用された技術学法則あるいは工学法則の水準にもとめるべきである」という星野氏の指摘とは全く裏腹の様相を露呈することになったのが、今度のＪＣＯやたびたび惹起される原子力発電所などでの事故・災害である。こうした事態の背景には、「モノづくり」が「生産上の課題」や「結果」を優先する効率・営利を旨とする企業に委ねられていることと、彼らがその活動のなかで「技術学法則」や「工学法則」を学問本来の体系としてではなく、「課題」や「結果」に従属するものとして受け止めていることによるものと言わざるをえない。

原子力という最新の技術に由来する生産システムが集中する地域や工場に、放射能物質による予想される事故を想定した防護手段や飛散する放射線から身を護る器材などが有効に使用できる準備、セーフティガードがほとんど欠落していたという事実も、星野氏のいう「生産的実践における自然法則性の意識的適用」という鉄則の欠如というべき事態であろう。

原子力の自然法則性は、その有効利用の側面とともに負の要素として不可分に組成されているものであることは、その負の要素を兵器として開発したことからも、さらにはその甚大な加害性を身をもって体験した日本人をはじめとする人類が経験的にも知悉し尽くしている事実である。

この原子力の自然法則性は、いつのまにか効率と利益という一面を恣意的に重視するあまり、「原子力の安全神話」などという非科学的妄想に覆い隠されてしまっている。

生産的実践に限らず、現代のとりわけ文明社会といわれる部分にはモノが必然的に具備している自然法則性についての顧慮や経験的知識、あるいはその体系的追究が軽視され、おろそかにされているように思える。

原子力行政に関与する者、国民の生命・財産の保全とその健全な発展に責任を負う政府や為政者、効率と利益をひたすら追求する企業経営者たちに、この傾きが昨今著しくみられるようになった。今度のＪＣＯの事故を報道したマスコミも、欧米ロ諸国の報道機関の原子力の負の側面についての深刻な反応と比較して、被害住民への情動的対応が主力をしめていた。神戸・淡路大震災の際の、黒煙に包まれた町の情景や倒壊したビルや家屋、亀裂の走った地面といった劇的な場面報道に似ている。つまりこんどのＪＣＯ事故でも、原子力の「生産的実践における自然法則性」とそれへの有効な対応の有無、その実態の追求という立場は、ほとんど無視されていたとみるべきであろう。

筆者はここで、承久の乱を惹き起こした後鳥羽院について堀田善衛が『定家名月記私抄』で述べていた一節を思い出した。

戦争責任の当事者が口を噤んで何も言わぬというのは、これは洋の東西を問わず歴史の慣例といったものなのかもしれないが、その理由の大半は、おそらく自らの妄想の結果と、その妄想自体の両者を、事後につなげて説明も弁解も出来ないからである。

原子力の「自然法則性」の有用性の一面だけを重視した「原子力の安全神話」なるものは、その「神話」の作者あるいは信者の妄想以外の何者でもない。その「妄想」と原子力の自然法則性とは全く別のものであり、それをつなげて「説明も弁明も出来ない」ことはいうまでもない。

こうした在りようは、この国の原子力産業にかぎらず、様々な分野に及んでいる。ものごとの「自然法則性」を体系的、歴史的に考察し、対応していくのではなく、現象、結果に即事的、情動的に対処してきた経緯は、技術・工業の局面だけでなく、政治、経済、文化などあらゆる局面に共通した現実である。それが先進科学を扱う原子力産業に露呈したのである。

JCOの責任者が地域住民の前で正座して頭を下げ、「申し訳ない」と繰り返すばかりであったという情景は、現代のこの国のシステム・文化の実態を悲・喜劇的に象徴しているものといえよう。

深夜妄語——28

〈1999年12月〉

先日、若尾政希『「太平記読み」の時代——近世政治思想史の構想』（平凡社）を読んだ。著者は本書の終章で、次のように述べている。

「政治思想史」を副題に冠する本書では、さまざまなレベルの常識のうち、政治に関する常識（関係意識から具体的政治論まで）に着目し、その形成の過程を描写し、その時代を意義づけてきた。それは具体的には、本書で見てきたように、「太平記読み」が提起した「国家」についての考え方が、支配者・披支配者の両方に受容され、それが社会一般に共有され常識となっていく過程であった。本書が対象としたのは、「太平記読み」が提起した政治思想が常識となり通用した時代であり、いわば「太平記読み」の時代とでも呼ぶことができる。本書のタイトルとしたゆえんである。

『太平記』の時代、つまり、半世紀にも及ぶ南北朝動乱期は平安末期にはじまる中世的社会意識が、「社会の深部にまで浸透し、東国・辺境にまで広がっていき、その様態がより明確になり、あるいは肥大化し、ある場合には修正されるという事態」に到達したという、「日本中世社会の第二段階を画する」(『講座日本歴史 4』中世2 伊藤喜良「南北朝動乱期の社会と思想」、東京大学出版会)時代であった。

前述の若尾氏のいう、「太平記読みが提起した国家」という政治思想が、近世幕藩体制の下で機能したものであることはいうまでもないが、その思想的原形が、南北朝動乱期に準備されていたことは『太平記』の叙述のなかにも歴然とあらわれている。前出の『講座日本歴史』で村井章介氏は、いわゆる「建武新政」の立役者であった後醍醐天皇の幕府否定の「思想的主体」をなした三つの柱を挙げている。第一は統治者の必須条件として「徳政論」、第二には「新政に結実する政治的起動力」として宋学の実践的な効用をあげている。この二つは、ともに儒教の政治思想で、第一の「徳政論」は天変地異や外寇、旱魃などによる政治的な不安定要因の発生を、統治者たる君主の不徳によるものとする考え方であるが、これが武家政権の否定に援用されることになると、君主が統治すべき国土を武家が奪っているために君主の徳が顕現できないという論理になるのである。この論理は、武家を東夷とすることで合理化される。第二の宋学への依拠も、「宋学の形而上学的側面よりは君臣明分論のような実践哲学的側面」が重視され、「関東は戎夷なり。天下管領然るべからず、率土の民は皆重恩を荷う、聖主の謀叛と称すべからず」というのが、正中の変に際しての後醍醐の立場であったと村井氏は指摘している。第三には対中国を意識しての自尊的国家意識の芽生えを村井氏は挙げている。村井氏は「唐宋五代の武人の跋扈、権力の分立を克服して中華を統一した宋が、徹底した文官優位の原則を貫いたことは、幕府の存在自体を否認する後醍醐の理想にとって、きわめて好都合なモデルになった。こうして日本史の常識からみれば狂気とも映る新政の行為は、むしろ東アジアの正統派である君主独裁・文官優位の官僚制国家に日本を近づけようとする試みであり、それなりの国際的視野にたつものと考えられる」としているが、こうした「思想」が、儒教の説く政治思想と矛盾した、極めて恣意的、独善的なものであることはあらためていうまでもないことである。しかしこれがこの国独特な「国家論」、万世一系の天皇が統治する、易姓思想とは無縁な、体制につながっていったことは多言を必要としない。こうした後醍醐の「国際的視野」が彼と一部の側近たちのものであったことと、近代日本の西欧文化の受容・選択が、天皇の政府と一部の知識人たちの手によっておこなわれたことで、「富国強兵」の側面に偏曲した事情とよく似ていることが想起されるのである。

中世から近世への移行の過程には、諸国の受領、豪族、大名が覇権を賭けて争った、南北朝動乱期をへて戦国期にいたる動乱の時代があった。中世の武士たちはなによりも戦闘要員であった。一族「はらから」を中心として家の子郎党は、一所懸命の地を命がけで守り、戦闘に際しては所領の住人すべてが何らかの形で参加する、戦闘と生活が密着した共同体を形成していた。忠と恩の関係も、そうした共同体を維持するための相互関係のなかに位置づけられている。しかし、近世幕藩体制の成立過程では、この中世的な「個人的（私的）結合をこえた」より高次な社会的・政治的な権力、「公的」な存在にたいする「持続的」な、体制そのものにたいする支配・服従を合理化する論理を必要とすることになった、と著者・若尾氏はいう。問題は武士とその周辺の戦闘要員だけにとどまらない。この時代は農業生産力をはじめ武器武具の製造などに刺激された多様な製品がつくりだされ、市場・流通圏が中世共同体の枠を超えて飛躍的に発達している。一方では戦乱による耕地の荒廃という矛盾した事態の出現によって、武士の一所懸命共同体から離脱した職人、商人、遊民、芸能者、溢れ者、野伏などが急速に増大し、広域を支配する守護たちはその対応を迫られることになる。それまで一所懸命共同体の内側で機能していた恩顧と忠誠の関係を、「公的行政」機関に包括する必要とそのためのイデオロギー操作が求められることになったのである。

こうした政治支配体制の変化に対応する政治思想・イデオロギーが『太平記理尽抄』を領主層に進講する「太平記読み」によって形成されていく過程を追究したのが、本書での著者の仕事である。

永積安明氏は『太平記』の普及とその後の様相について、「近世初期になると、武家の要求に応じて『太平記』の評判書としての『太平記理尽抄』による講釈が興り、これをたずさえて諸国を遍歴する僧が出てきた。『太平記』の講釈は、貞亨・元禄（一六八四―一七〇三）のころには職業として盛行し、広く民間に講ぜられ、やがて『太閤記』その他、近世の読物にも及んで講談の起源となった」（『日本歴史大辞典』「たいへいきよみ」の項）と述べている。

本書では、『太平記』のなかでも、とりわけ武家の軍略や家臣の管理・処遇についてあるいは領民対策に優れた教訓を遺したとして賛美されている楠正成の事績を中心に据えて、それをいわば抜き書きにした「評判書」、つまり「理尽抄」というものにつくりあげた法華法印日翁という人物を挙げている。彼は各地の領主や高級家臣の求めに応じて、「理尽抄」を秘伝という触れ込みで伝授して歩いたという。その後この「理尽抄」は、領主たちの側近である御伽衆にひきつがれ、近世初期の幕藩体制草創期の武家による政治思想イデオロギーとして活用されていくことになるプロセスを丹念に追究しているのである。「太平記読み」が描き出した楠正成像とその政治論は、次のような引例からも窺うことができよう。

楠正成申ケルハ、末世ニ国ヲ治メント欲ハバ余多ノ心得有ベシ。自行跡先上代ヨリモ猶嗜テ、非ヲ去リ欲ヲ離レ、謂愚ニアラザル様ニスベシ。是一ツ。古ヘニ増テ道有ルヲ賞ズベシ。忠モ又然也、是二ツ。奸佞私曲貪欲等モ古ヘニ増テ、是ヲ誡ムベシ、是三。威ヲ逞フスベシ、是四。臣下ニ被親少ノ法ヲモ不誡事ナカレ、是五。古ノ道ノ上ニ是五ノ物ヲ不加国治リ難シ。角云ヘバトテ、家子郎従ヲシテ辛目ヲ見セ、貧ノ身ト成ス事ナカレ。常ニ忿ラザレ、和ヲ以テスベシ。善悪ノ沙汰私ニスル事ナカレ。頭人評定衆ヲ集テ、評定ヲ加ヘテ、善義ニ随テ是ヲ行ヘト書置シトニヤ。時ニ相応治国掟ナルベシニヤ。

楠正成が実際にこういうことを言ったかどうか、筆者は調べたことはないが、ここに述べられているのは、儒教の徳政論を下敷きにした、あるいは実践的に世俗化したものという気配が感得される。「唐代の世襲的貴族制度の破産をうけて、科挙制度の整備により官吏の最終的人事権を皇帝が独占する宋朝の体制」(前出・村井)が生み出した士大夫のような制度がなかった当時のこの国で、武家政権を排除し、中国宋朝の「文官優位の官僚制国家に日本を近づけようと」夢想した後醍醐の忠臣、楠正成は、武家としての立場からこうした政治論を展開したことになる。つまり「理尽抄」は、近世の武家を宋の士大夫に見立てたのであろう。が、「出生を原理とする閉鎖的な身分ではなく、能力を原理とした開放的な階級」(前出・村井)である士大夫と、逆に「出生を原理とする閉鎖的な身分」と世襲の家産、領地の支配権をもった階級である武士とはまったく異なった存在である。

近世幕藩体制は、この武家固有の階級的性格を幕府が一定の条件のもとで制約することで統一的支配を貫徹したものであった。後醍醐の夢想した「思想的主体」の武家風なアレンジが、「理尽抄」の目指したものであったろう。

こうした国家観が、「支配者・被支配者の両方に受容され、それが社会一般に共有され常識となっていく過程」に、「太平記読み」が果たした役割は、「かつての顕密寺社勢力をいわば論理的に解体し、仏教・儒学・神道などの学問の担い手が政治的社会的に力をもつことを否定し」、学問を「国家に従属し民衆教化のイデオロギー的機能を果たす、政治の道具に過ぎ」ないものにしていくことにあったと著者は述べている。

十七世紀半に登場した出版技術によって、太平記読みの政治論は、広く民衆規模に浸透していった。忠臣蔵、あの赤穂浪士を主題にした芝居などが民衆に受入れられていった経緯にもそれが認められることを著者は指摘している。

一方、「太平記読み」の仏・儒など宗教・学問批判の手法が、転じて安藤昌益の『自然真営道』に引き継がれたことを指摘しているのは興味深いことである。

先日、中野健二君の書いた横井小楠論が載った雑誌が送られてきて、なかに宮代という人の、小楠が「楠正成を崇拝していて、小さな楠」と小楠が自称したことにふれた短文があった。幕末期の小楠にも「理尽抄」は影響をもたらしていたらしい。

深夜妄語——29

〈2000年4月〉

前回、この国の近世政治思想の形成に大きな役割を担ったとされる「太平記読み」が、『太平記』から抄出した『理尽抄』を近世幕藩体制を支えるイデオロギーとして普及していった経緯について、若尾政希氏の著作に即して紹介した。そんなことから、筆者の裡にこれを機に『太平記』を読み通してみたいという心持ちが勃然と湧きあがってきて、大部なこの軍記物語に取り組んでみることになった。

読み通してみて、まずなにより印象に残ったのは、この乱世の時代に処した武士たちの在りようであった。彼らは、戦闘に参加し、勲功の大小によって所領を確保し、あるいは勢力の拡大と地位の向上のために、死力を尽くして戦ったのである。その目的のより確実な達成のためには、彼の主と戴く武将などの、戦局の展開のなかでの優劣や、武将としての器量、恩賞の多寡や、軍略の巧拙などをできるだけ的確に判断する必要がある。この時代の武士にとって「恩」と「忠」は、生か死かという極限的な条件を前提にしているとはいえ、きわめてプラグマティックな即物的な関係にあるものであった。

『葉隠』の著者は、南北朝の、応仁の乱の、戦国時代の武士を知らなかったらしい。もし知っていたら、『武士道とは死ぬことと見つけたり』と書く代りに、『武士道とは裏切りと見つけたり』と書いたことであろう」と加藤周一は『日本文学史序説　上』でのべている。中世の武士たちの本領は、一所懸命である。近世の官僚化した武士ではない。彼らは、変転する戦局の趨勢に即して、所領を確保・拡大するために戦闘する。いったん敗戦の憂き目をみれば、所領を剥奪され、落武者は、溢れ者、野伏、武装した農民らに襲われて命を落とす破目にもなる。このリスクを避けるためには、合戦中でも敵から味方へ味方から敵へと勝組に与することを心掛けている。武家の棟梁たるものは、こうした武士たちの気構えを適切に判断して、味方につけるために物心両面にわたって配慮を巡らす必要があった。「朽ちたる縄を以つて、六馬をばつなぎ留るとも、ただ頼みがたきはこの頃の武士の心なり」、と『太平記』はいみじくも述べている。

足利尊氏が南朝方を征伐して征夷大将軍になり、一応の平穏を得たなかでも、実弟直義の反乱に遭い、子の義詮に直義討伐を命じて兵を集める情景が、巻第二十九に描かれているのも、「頼みがたき」当時の武士たちのリアルな在りようであろう。軍勢を集める際には、「着到」、集まった者の名を記録する例になっている。直義側では、「初日は三万騎としるしたりけるが、つぎの日は一万騎に減ず。つぎの日は三千騎になる。『こはいかさま御方の軍勢敵になると覚ゆるぞ。道々に関をすゑよ』」、それぞれの街道に関を設けて、逃亡を防げ、ということになったが、「関守りともにうち連れて」、関の役人ともどもに逃げてしまって、ついに五百騎になってしまった、という次第である。

足利家の執事という要職にあり、尊氏が南朝方を平定してからは、権勢おおいにふるって、都で思う様奢りにふけっていた高師直・師泰兄弟も、いったん孤立してしまうと、彼らについてくる武士はひとりもいなくなってしまい、武庫川堤で一族十四人が斬殺され、滅亡するという憂き目をみることになる。「小清水の合戦の後、執事方の兵ども十方に分散して、残る人無しと言ひながら、今朝松岡の城を打ち出づるまでは、まさしく六、七百騎も有りと見しに、この人々討たるるを見ていづちへか逃げ隠れけん、いま討たるるところ十四人のほかは、その中間・下部に至るまで、一人も無く成りにけり」という有様である。『太平記』は、この情景を、

「うたてかりける不覚かな」、情けない不面目な結末だ、と嘆きながら次のように述べている。

それ兵は仁義の勇者、血気の勇者とて二つあり。血気の勇者と申すは、合戦に臨むごとに勇み進んで臂を張り、強きを破り堅きを砕く事、鬼のごとく忿神のごとくすみやかなり。しとかれどもこの人もし敵のために利を以つて含め、御方の勢を失ふ日は、逃るにたよりあれば、あるいは降人に成つて恥を忘れ、あるいは心もおこらぬ世を背く。かくのごとくなるはすなはちこれ血気の勇者なり。仁義の勇者と申すは、かならずしも人と先を争ひ、敵を見て勇むに高声・多言にして、勢ひを振るひ臂を張らざれども、一度約をなして頼まれぬる後は、二心を存ぜず心変ぜずして大節に臨み志を奪はれず、傾くところに命を軽んず。かくのごとくなるはすなはち仁義の勇者なり。今の世、聖人去って久しく、梟悪に染まること多ければ、仁義の勇者は少なし。血気の勇者はこれ多し。

「敵のために利を以つて含め」は、敵側から利益を示されることであり、「降人」は降参すること、「心もおこらぬ世を背く」は、信仰心もないのに一時しのぎに僧になって、戦場を離脱することを指している。

この時代の戦闘は新田義貞軍と足利尊氏軍の対決で知られているように、騎馬の大軍がたとえば武蔵野の小手差（小手指）河原や分倍河原などの平野で対峙し、蹴散らしあって斬りあい、運動会の騎馬戦のように、取っ組み合いをして戦う騎馬武者と徒歩で従っている彼の下僕が協力して戦う。戦闘で主だった武将が自害したり、多くの戦死者がでるので、軍勢の中には必ず多数の僧がいて、死体を弔ったり埋葬したりしていた。したがって、混乱に紛れて僧体になるのも比較的簡単にできたようである。田畑を合戦で荒らされた農民や耕地を失って浮浪民になった「溢れ者」、ならず者が、戦場に遺棄された物具、太刀、戦死した武士の衣類などを拾い集めている情景も『太平記』はリアルに描いている。

一部の武将たちを除いて多くの武士たちは、殺伐たる専門戦闘員であり、いわば「血気の勇者」であった。後醍醐が一時政権を武家から奪還した際、武士たちは、かつての公卿たちの下僕の地位におとされ、恩賞も宮廷の後宮や女官たちの内奏に左右されるなど、不満がたかまっていた。武家が再度政権を奪取する原因のひとつになったわけだが、とりわけ東国の武士たちは、東夷とされて公卿たちから軽蔑されていたのである。尊氏が、鴨川の河原で猿楽を大規模に演じさせたとき、貴賤老若男女を問わず大群衆が集まったということは、武士たちの新しい文化の創出を予感させるものだが、それが古い文化・権力との交代を実質的にしめすことになるのには、まだすくなからぬ時間を要したのである。仏教がかつての宮廷の擁護を目的とする南都・北嶺などの顕密仏教から、武士階層の禪律仏教、つまり鎌倉仏教の普及へと進展していく過程が、『太平記』の時代であったといえよう。日本歴史の大転換期、乱世そのものであり、これがいわば戦国時代を経て、近世幕藩体制確立時にいたるまでつづくことになる。『太平記』は、特定の作者の手になったのではなく、この物語に登場するさまざまな局面を体験したり、目撃したり、それを伝え聞いたりした無数の人々の話を、一定の才能のあった人がひとつの物語としてまとめたという性格のもののようである。

新潮日本古典集成版『太平記』の解説で山下宏明氏は、「……北朝に仕えた当時の一大学者、洞院公定の日記の応安七年(一三七四)五月三日の条に、/伝へ聞く、去る二十八、九日の間、小島法師円寂すと云々、これ近日天下にもてあそぶ太平記の作者なり、およそ卑賤の器たりといへども、名匠の聞えあり、無念といふべし。/とある。ちなみに洞院家は皇室の外戚として威を振った西園寺家の分家である。この記録は、現在のところ『太平記』に言及するもっとも古い記録である。これによると、当時無官ではあったがやがて権中納言に復することになる洞院公定が、卑賤の生れながら小島法師という者の死を哀悼し、この法師が、当時天下にもてはやされていた『太平記』の作者であると言うのである。公定の「卑賤の器」という記録を俟つまでもなく、「法師」を称する者が古く平安時代以来、寺社に所属して雑役に従事する隷属民であったことからも、小島法師が当時どのような階層にある者として見られていたかは明らかである。……」と述べている。

山下氏は、京都・法勝寺が『太平記』制作の工房で、この小島法師が「もろもろの遁世の聖や山伏、あるいは合戦の敗残者といった人たちからいろいろな情報や資料を」蒐集し、天台宗の高僧・玄恵が監修したとする長谷川端氏の説を引いている。

さらに、この物語が軍記物語であるところから、足利・室町幕府の立場を反映するように修正されたことや、多様な異本がその後出現したことなど、現在の形に至るまでには、幾多の紆余曲折があったとされている。

そうした経緯を経ながらも、十四世紀初頭からほぼ半世紀に及ぶ北条・鎌倉幕府と南朝方との争乱、足利尊氏による武家政権・室町幕府の成立とその内部対立、その一応の安定にいたる、南北朝動乱期の波乱に富んだ様相が、具体的な非喜劇模様をからめて物語として描かれる。古代中国の『史記』をはじめ仏・儒の典籍、古実をときには煩わしいほどに引きながら展開するこの物語は、成立の当初そうした典籍、古実に通じた上層武家、公卿などを読者に想定したものであることは確かなことであろう。民衆の間に普及していく推進力になった物語僧の出現、さらには広い読者を得、版本となって普及するのは江戸中期以降である。

この物語の「序」に、「後昆顧みていましめを既往に取らざらんや」という言葉がある。この物語が、後の近世政治思想に大きな影響をもたらすことを、作者たちは予見していたのかも知れない。この「序」の前半は言う。

蒙ひそかに古今の変化を採つて安危の来由をみるに、覆つて外無きは天の徳なり。明君これに体して国家を保つ。のせて棄つること無きは地の道なり。良臣これにのつとつて社稷を守る。もしそれその徳を欠くるときは、位有りといへども持たず。

要するに、明君は天地の理・徳によって天下を治め、忠良な臣はその道理に添って国家を守ることを求めている。

「『太平記』は史書に非ず」というのが、江湖の通説である。しかし、一所懸命の中世武士が、近世幕藩体制下の官僚化した武家に転化したとき、『太平記』が彼らの政治思想イデオロギーとして活用される運命を、この「序」は先取りして予言しているもののようである。

深夜妄語――30

〈2000年6月〉

高度成長期の若者たちの在りようを『限りなく透明に近いブルー』などの作品をとおして描いていた村上龍が、去る五月七日夜放映の「NHKスペシャル」に出演し、バブル経済その崩壊の後遺症に悩んだこの国の九〇年代を「失われた十年」だとし、この間に「失われたものは何か」と自身が開設したインターネットを通じて、各階層の多様な人々に問いかけた経緯を熱心に語っていた。

彼がこうした試みを思い立ったのは、現代の人々の生き方や意識などを小説のかたちで原稿用紙に長々と書き綴ってみても、現代の様相の核心を経済学の立場から書けば僅か数行でこと足りてしまうことになるのではないか、ということに気づかされたことに因る、と言っていた。要するに、この十年ほどの時代的変遷の特質が、これまでのような文学の方法では間尺に合わなくなったのではないかという自覚からであったという。

彼はインターネットをつうじて、学者や官僚や企業経営者をはじめ、彼の問いにアクセスしてくる広範な人々の意見を聞き、あるいは直に面接して率直なインタビューもおこなっていた。筆者は、インターネットによる精力的なフィールドワークとでもいうべき彼のこうした行動力に、これまでの村上の作品から受けとっていた感じとは異なった、着実な、〈おとなびた〉とでもいうべき感興を誘われた次第である。

たとえば、バブルの時代の銀行の在りようの変化――企業が銀行に資金を依存していた形態から、株式や社債による資金調達に切り替えたことで、銀行は資金の貸出先を見失い、土地神話にすがりつくにいたった経緯とそれが住専などの不動産投機に走る結果を招いたこと、こうした経営方針の転換に際しての銀行内部での上意下達と責任不在の実態、銀行の方針に異議申立をする行員には、決定した方針を遂行する意思のない怠け者だというレッテルを張って排除してしまうという、まるで、かつての軍隊組織のような古い独善的な体質があったことなどが、彼のインタビューをとおして明らかにされる。大蔵省による旧態依然たる護送船団方式も、こうした銀行の選択を容認し、支援することになり、官僚たちも、それを当然のこととして追認していく。筆者は、こうした映像を追いながら、太平洋戦争時代にインパール作戦をめぐる大本営・南方方面軍と現地の師団長との間に起きた深刻な葛藤を思い出したものであった。固有名詞は忘れたが、現地のある師団長は、ビルマとインドの国境に横たわる山岳地帯を越えての作戦には、十分な補給態勢が必要で、補給が不十分なままでの作戦の失敗は明らかであることを主張していた。しかし大本営の意を体した南方軍司令官は、補給の必要を主張する師団長を戦意のない、臆病者だとして解任してしまったのである。その結果の惨澹たる作戦失敗の責任は、その所在を問われることがなかった。

村上龍は、バブル期のこうした企業のトップや官僚たちの実態・組織の在りようを知るにつれて、「失われた十年」を問うのではなく、この間の企業・官僚組織をふくめてのこの国の経済運営が、現実にたいする無知と古い体質についての無反省によるものであることを知り、無知は許されぬもの、無知からの脱却こそ必要なことだという結論を得ることになる。

村上のいう「無知からの脱却」は、文学にとってだけの問題ではなく、二十一世紀にむけての人々の、とりわけわが日本人の民主主義的自立にとって不可欠の必要であろう。「知らなかった」では済まされない、それでは無罪放免に成り得ない局面が、山ほど待ち構えているはずである。

経済学者の伊東光晴氏が近著『日本経済の変容——倫理の喪失を超えて』（岩波書店）の中で、「冷戦後の東欧・旧ソビエトの市場経済を見るとき、そこにあるものは自由市場、自由競争の名のもとに、弱者を踏み台にし、利潤追求に狂奔していく賤民資本主義の拡大という市場経済であるといっていいだろう」と述べている。伊東氏は、しかし、「自由市場、自由競争の名のもとに、弱者を踏み台にし、利潤追求に狂奔」する文字どおりの弱肉強食の資本主義が、東欧・旧ソ連だけのものではなく、こんにちのアメリカの金融、情報を主力にした資本主義の在りように顕著に見られることを指摘し、いまや「エトスを喪失した資本主義」がこの地球全体を覆いかねない実態を告発している。この「賤民資本主義」というのは、ウェーバーが『プロテスタンティズムの倫理と資本主義の精神』のなかで見出していた、〈資本主義のエトス〉とは無縁な、「経済的・経済外的暴力、詐欺、欺瞞等あらゆる手段をつかって利潤追求にひた走る」ことを、新自由主義とか、市場原理あるいはグローバリズムなどという名のもとに合理化するものたちに与えられたものである。

伊東氏はこうした「賤民資本主義」は、ソ連などの社会主義圏の崩壊による冷戦終結以後に顕著になったものだと指摘している。「冷戦下では、社会主義に対抗する必要上」、「資本主義は人々の福祉を十分配慮していることを示す必要があった」が、冷戦後はこうした対抗すべき相手がなくなったことで、「福祉水準を維持し、強化する必要よりも、国際競争に勝つ目的の方が優先しはじめた」のである。この国際競争の先頭を走っているのが、目下のアメリカであり、そのすさまじくもおぞましい競争に世界の資本主義諸国だけでなく旧社会主義圏、中国をはじめとする発展途上国が巻き込まれていることで、エトスを喪失した「賤民資本主義」はいっそう猛威を振るうことになった。この現状を伊東氏は平易にかつ的確に述べ、ズブの素人にも、経済という視野から現代世界を展望することの意味と関心をあらためて引き出してくれるのである。

伊東氏は、この著の終章に「初心忘るべからず」と題した氏の講演記録を載せている。「独協大学インターナショナル・フォーラム創設一〇周年を記念しておこなわれた日中シンポジウム（一九九七年十二月十三日、十四日）において、『日本と中国が抱える経済課題と政策を展望する』と題された日本側基調講演に加筆したもの」である。この著に収録した八つの論考のまとめとも言えるものだが、「初心」が指しているものは、前出のウェーバーの資本主義のエトスであり、敗戦直後の「日本人の三つの夢」である。氏は敗戦直後の日本人の夢の第一に「無謀な戦争への反省から、軍隊を持たない平和な国」を夢みて、それを永世中立の国スイスに求めたこと、第二に飢餓と焼跡の境遇から「海のかなたの豊かな国アメリカ」への夢、そして「平和な政治」と「豊かな経済」が社会保障や福祉に結実しているスウェーデンやイギリスを夢に描いたという。それから五十年後、この日本人の三つの夢は、冷戦後のさらにはこの国の高度成長につづくバブル経済とその破綻によって、はかなくはじけようとしている。伊東氏によれば、一九九〇年の国民一人当りの所得は、日本が二万三八〇六ドルに対してアメリカは二万二一七七ドルであったという。しかし「海のかなたの豊かな国」アメリカを凌駕した「豊かさ」を得たという実感はない。伊東氏は、この実態の根源に資本主義の古い病と新しい病が二重に重なって現出していることを指摘している。物質的窮乏という古い病が精神的窮乏という新しい病と、不況という古い病がインフレと、不平等という古い病が社会的アンバランスとかさなって現出し、とりわけ精神的窮乏をつくりだす広告・宣伝が、新しいものに敏感に反応する若者たちにより強く作用することで、比較的所得の低い彼らの窮乏感を鋭く高め、さまざまな社会問題を発生させている、という指摘は昨今の少年たちを主役にした凶暴な事件を生々しく想起させるものである。

「公正な競争」、「市場原理」を名とした利益追求競争は、他よりより多くの「利益を手にしよう」とする者の競争であり、それは伊東氏のいう「あと馬鹿理論」なる現象を必然的にもたらす。先を行く馬鹿と後を行く馬鹿の関係である。

いかなるときでも、投機は、もっと値上がりするにちがいないと思う者があとに続く時成功する。株であれ、不動産であれ、何であれ、もっと値上がりすると思って買った者が、うしろを見ると、さらに値上がりを予想して買いたがっている者が続く時、これに売って投機は成功する。……だが、ふり返った時、馬鹿がいないと悲劇がおこる。バブルの崩壊である。

超低金利の日本の資金は、いまアメリカに流れ込んでかの国の株値を高支えしている。しかしその株価が暴落しないという保証はないどころか、その危険はしばしば指摘されているところである。高い失業率、社会的不公平、貧富の格差の拡大、そして、「あと馬鹿」がいつも後からついてくるという保証は望むべくもない。日本の大企業や政府の、アメリカについていけば間違いはない、という指向は、かつての天皇の大御心を体してという支配層のメンタリティーを思い起こさせるものがある。

伊東氏は「初心忘るべからず」の最後で、原子力発電にウランを使用したのは、軍事技術開発の必要が前提にあったからであり、電力エネルギーの必要のための原発であるなら半減期が短く、危険な核廃棄物を作らない原子番号９０のトリウムを使用すべきだと提言している。「中国は二一世紀にかけて、発電量を二倍にしようと努力」しているが、このためには一〇〇万キロワットの石炭火力発電所一〇〇基を必要とする。もしこの発電所が中国の海岸線沿いに建設されれば、日本への酸性雨の飛躍的増加は必至である。これを避けるためにはトリウムによる原子力発電の技術を日中共同で開発する必要がある。それが「非軍事の平和の技術の上に、五十年前の私たちの夢である非軍事と豊かさと福祉へ向かう夢」の実現への道である、と述べている。

この提言は、競争と利潤の追求だけに狂奔する現代資本主義下の技術の在りようとそれを無条件に容認する者たちへの警告ともかさねられるものである。

村上の得た結論に即していえば、やみくもな競争と利潤の追求がつくりだす無知のガス空間からの脱却は、現下の人間の営為の歴史的洗い直しを謙虚に始めようとする意志がスタートラインにつくことでもあろう。

深夜妄語——31

〈2000年10月〉

近刊の『葦牙』二十六号の誌上で、中里喜昭と対談した小田実が、「明治以来の日本のやり方としての『富国強兵』という路線は、さきの大戦で破綻したが、戦後の『経済大国』という路線もこの（阪神・淡路）大震災によって破綻が明らかになった……この事実を直視する必要がある」と強調している。実際、この国の現在の政治の在り方は、かつて中世を風靡した末法の世を思わせるものがある。中世の末法現象は、古代王朝体制の瓦解と中世の武家新体制との相剋がもたらしたものであったが、現代の末法現象を否定的に超克する新たな体制を望見することは容易なことではない。

慈円は『愚管抄』のなかで、「保元元年七月鳥羽院ウセサセ給ヒテ後、日本国ノ乱逆ト云コトハヲコリテ後、ムサノ世ニナリニケルナリ」と言っていたが、さて、現代の末法の世を慈円流に言うとしたらどのように言うべきであろうか。

ともあれ、この国の中世は、さまざまなおぞましい災殃に満ちてはいたが、他面、古い王朝体制が新しい「ムサ」(武者)の体制に変革されるダイナミズムに満ちた時代であった。慈円の眼に「……ムサノ世ニナリニケルナリ」というふうに画然と映ったような歴史的転換がこの時代に起っていたのである。

五十年ほど前のこの国の敗戦を契機にして、それまでの旧憲法体制があらたな新憲法体制に代わった。が、筆者には、慈円のいうようにそれが、「日本国ノ乱逆ト云コトハヲコリテ後、ムサノ世ニナリニケルナリ」というほどに画然とした、歴史的変革としては受けとり兼ねるような心持ちを拭い切れぬ思いがある。現代の末法現象は、まだ「乱逆」の真っ最中だということとかも知れない。現代日本の体制が、かつての中世を担った「ムサ」に相当する、民衆に担われるものであるとすれば、「民衆ノ世ニナリニケルナリ」と言う時代は、いかなる様相を呈するものであるのか。現代の「乱逆」の行き着く先に、いかなる「世」が出現するのか。しかもこの問いは、ただこの国だけの問題としてではなく、この地球世界全体の同時的課題として切実に問われているものでもあるように思える。

その意味でも、人類史上に出現した中世という時代が、古代文明社会の中世的否定によってもたらされたという歴史的事実を指摘した、家永三郎『日本思想史に於ける否定の論理の発達』に思い至る。家永は、この著のなかで次のようにのべている。

西洋思想の発達は古代思想の中世的否定、ルネッサンスによる中世的否定の否定、即ち古代思想の高次の復活と云ふ弁証法的過程に於て理解せられるのを原則とする。……換言すれば古代を否定する力は中世的精神の核心たる否定の論理の内に潜在してゐたのであった。……日本思想史の問題に立ちかへつて考へる時、我々はここにも彼と全く同様なる発展の過程を見出だすことが出来る。日本人もまたその古代思想に於ては否定の論理を欠いてゐた。否定の論理が思想としては仏教から与へられたものであること、恰も西洋思想が同じものを基督教から与へられたのと其の軌を一にし、加之、仏教基督教が日本及び西洋にとつてそれぞれ異郷よりもたらされた外来思想であり、この外来思想によつて初めて否定の論理を教へられた点までが奇しくも符節を合してゐるのである。……仏教渡来以前に於ける日本の古代思想は、それを論理的見地より表現するならば、肯定的人生観と連続的世界観と云う二語に尽きるであらう。……古代人にとつて悪は容易に超克せられるものであり、現世の快楽を根底からゆるがす如き存在は思惟の外にあつたものと見なければなるまい。……現実を否定して其の彼方に理想の世界を望むが如き態度をうみだすことが出来なかつた。ここに太古思想の本質が存在した。

家永は、本著で古代思想の否定をとおしてうまれた日本の中世が、近世の武家による現実主義から、いわば弁証法的発展を見ることなく「日本思想は否定の論理と絶縁すること凡そ三百年……明治以後は其の外観上の大きな相違にも拘らず本質的には江戸時代と同じく近世の内に一括せらるべき時代」である、と述べていた。この国の近代及び現代は、「外観上の大きな相違にも拘らず」近世を本質的に否定すべき新たな否定の論理をうみだすことなく今日にいたっているという指摘は、残念ながらいまなお妥当性を失ってはいない。

家永のこの著作は、戦中、昭和十五（一九四〇）年に書かれたもので、当時の歴史学、思想史研究などの分野における、今日とは著しく異なった困難な事情があったことが考慮されなければならないが、その大意と意図はたかく評価されてしかるべきであろう。

今日の様相は、もちろん、中世のそれとは異なった、あらたな否定の論理をうみだす過程という意味での「乱世」というべきであろう。

そんなことを時に考えていると、今日の「乱世」の先輩にあたる中世のそれにひときわ興味と関心を魅かれることになる。

先日、近くの公立図書館を覗いていた折りに、たまたま広畑譲『中世隠者文学の系譜』（桜楓社、一九七八年）が筆者の注意を惹いた。開架式の書棚の本をざっと見渡しているわけであるから、いちいち本文をゆっくり読むというわけにはいかないので、これはと思う本は、「まえがき」や「あとがき」を読んで見当をつけることにしている。この著の「あとがき」は次のようであった。

……修士論文として一応のまとめをしながら、実感として強く感じさせられたのは、わが国の近代社会の未成熟や近代的自我の確立が不十分であることを指摘するのは易しいが、問題はもっと深いところにあるのではないかということであった。わが国には生死を中心とする独自の現実認識があり、私小説的発想の根強さ、それが読者の心情に訴える感動の深さ親しさはここに由来するのではないか。そして、近代派の人々による、あらゆる近代西欧文芸を導入する試みにもかかわらず、伝統的な写実的表現を主とする既成作家の小説は、文芸愛好家の支持をうけて生き続けている。この読者の共感を構成する、日本的現実認識の方法を明確に把握することこそ、自分の文芸研究における今後の課題であると考えた。そして、それは単に近代文芸の問題ではなく、日本人の根本的な現実認識の方法として様式化され、日本文芸の一つの中心となり、日本文芸の伝統を形成しているのではないかと思われた。……とにかく、中世という時代まで帰って、日本人の現実認識と文芸的発想との関係を考えてみたい。その時、対象となるべき作品は、日本的な特質を明瞭に示している隠者文芸であろうと推測された。……

著者は、こうした問題意識から、この国の隠遁思想の発現が、仏教の「諸行無常」の観念と「老荘思想に胚胎する『隠逸』の精神」の学習とそれが対社会的態度として具現する歴史的経緯を明らかにしながら、やがてこれが中世社会における「否定の論理」として人生観・世界観にまで論理化されていく過程を、王朝期の女流文芸から西行、長明、兼好に至って一応の完成を見せる中世文学史のなかに位置づけている。

堀田善衞の『方丈記私記』や『定家名月記私抄』などに格別の関心を抱いた筆者にとって、なかなかに興味深い論述であったと同時に、さきの家永の著書との関連も思い起こされて、筆者の中世と現代との比較関連についての思いをいっそうそそられることになった。

広畑は、中世文学者たちは、「厭離穢土」「欣求浄土」という否定の論理の実践者としては不徹底な、「求道者としては」名もない野の「聖」たちよりも「はるかに純粋性」に乏しい者たちであったとしている。名もない野の聖たちは、否定の論理を信仰をとおして身をもって実践したが故に、その精神の軌跡を後世にほとんど残さなかった。他方、西行、長明、兼好などの中世文学の作者たちは、仏教や老荘の現世否定の論理に強く惹かれながらも、現世とのかかわりを旨とする文学・芸術に執着するという、自身の裡にある越え難い背理・矛盾と格闘し、あるいは妥協せざるをえなかったのであった。

これは、「源信の時代の『念仏』は、見事に閑居の楽しみと折り合うものであった」が、「法然の時代の『念仏』は、もはやそれ以外の何ものとも折り合わぬ絶対的なものに近づいていた」（加藤周一『日本文学史序説』）という、鎌倉仏教の「超越性」、形而上的普遍性がもつ否定の論理が、古代王朝体制を相対化する思潮のなかで、中世の文学・芸術が直面した在りようでもあったわけである。「日本思想史上、超越的絶対者との係りあいが時代思潮の中心となったことは、ただ一度十三世紀仏教においてであって、それ以前になく、以後にもなかった」、「比喩的にいえば、『鎌倉仏教』は、日本の土着世界観の幾世紀もの持続に、深くうち込まれた楔であった。その影響がいかに拡り、いかに展開していったかということの裡に、鎌倉時代の、さらに室町時代にまで及ぶところの、もしそれを一括して『中世』と称ぶとすれば、まさに『中世』文化の問題の眼目があるだろう」（前出書）といわれているような、経験を日本の歴史は経てきたのである。

しかし、この国の場合、ヨーロッパに見られるような聖権と俗権の分離というところにまで行き着く前に、形而上的普遍性は、世俗的な権力の中に取り込まれてしまった。現世における「積善」が浄土往生を保障するという教義は、普遍的な倫理を創りだすための思想的営為としてよりは、俗権のための奉仕を「善」とするような即物的イデオロギーに変質する安易さをえらびとることになってしまった。

近世の武家権力者たちの此岸的・日常的現実主義と土着信仰は、「造物世界ノ独一君主ノ神ト書シ……従来人民ノ祈念スル所ノ古人ヨリ己ノ名誉ノ最大ナルコトヲ信」ずるという、信長の自身以外の超越者を認めない宣言や、秀吉の「死後ニ至リ神ノ位ヲ得テ、日本ノ大豪傑トシテ祭ラレンコトヲ欲」（家永・前出）するような、さらに家康の東照宮権現、あるいは現人神の天皇というような、聖俗混淆の思潮が、圧倒的な政治イデオロギーとして跋扈跳梁してきた。「近世のうちに一括せらるべき時代」の、今日までの継続を否定する論理の楔とその実現の方途は、我々日本人が二十一世紀にさしあたり達成すべき必須の課題であろう。

深夜妄語――32

〈2000年12月〉

堀田善衛は『定家名月記私抄』や『方丈記私記』で、自らの戦時体験と平安末期から鎌倉時代の宮廷政治の在りようを重ねて、しばしば「政治であって政治でない政治」という言葉でこの国の伝統的な政治体質を表現していた。その意味するところは、「人民の優情」のうえに乗って、天皇や貴族などの特権的政治支配者たちが政治責任を放棄し、彼らのエゴイズムを優先的に擁護するという政治である。このような「政治」を、彼は「無常観の政治化」というふうにも言っていた。

国会の憲法調査会での守旧派の代議士や「有識者」と言われる人たちの発言を報じる新聞紙上のコメントを見ていると、彼らはかつての「無常観の政治化」の残像が羨ましくてならない、というノスタルジックな思いを「切実」に抱いていることが伝わって来るように思える。この国の政治の歴史には、結局のところ「無常観の政治化」ということのほかには、よるべき典拠がないということなのかも知れない。

十一月十六日付の『朝日』は、衆院憲法調査会での参考人の意見をもとにした議論の内容の概略を紹介していたが、この記事のなかに「『一億総火の玉』精神を妨げる憲法」という見出しで、自民党の新藤義孝代議士の「語録」が載っていた。その記事は以下のようである。

いま日本は非常に連帯感が薄れていると言われる。だが、ふだん君が代なんか知らないと言ってる若い連中が、ワールドカップで外国へ行って立って国歌を歌う。日本人のアイデンティティは一億総火の玉、これに尽きるが、底に流れるものと表面に出るものが全然違う。戦後の日本をつくってきた憲法が影響していないか。公共への義務や奉仕の規定が極めて少ない。権利の主張ばかりで仕事が進まない、混乱が起きている。

また同月三日付同紙で、国際東アジア研究所長という肩書きの市村真一という参考人の「誇るべき君主制の国」という標題を付した「語録」が、次のように載っている。

憲法は日本人が自信と誇りをもち、そのために献身できるような国家の基本法でなければならない。日本の歴史と伝統にふさわしい国家の基本構造が明示されねばならない。国家はいま生きている日本人のみによって構成されているのではなく、建国以来の祖先も構成員だ。日本は世界にまたとない誇るべき君主制の国であり、見事な王朝文化を中心に東洋と西洋の文明の融和に成功しつつある国家だ。この点を明確に承認し、これを誇りとできるような憲法でなければならない。

この日付の「語録」には、他に自民党の鳩山邦夫代議士のものも載っているが、太平洋戦争という呼び方は正しくない、大東亜戦争というべきだ、とか、中国をシナと呼ぶのはけっこうなことだ、とか、日本人としてあるべき正しい歴史観に基づいた歴史教科書をつくるとか、憲法観というよりは、アナクロニズムの見本市のような発言がある。

これらの発言をとおして見られることは、人間の世界に憲法という法体系が出現した原理的な知識・認識を全く欠いているか、無視しているということであろう。ここにも「無常観の政治化」を生き残らせようとしている意志が感得できる。憲法の理念あるいは起源は、ひとことで言って君主の専横を法的な制約・契約によって制限し、人民の主体的権利を保障し、君主をして法の枠を超えることを許さないようにしようという目的からつくられたものであることは、今更いうまでもないことである。近代市民社会の出現とともにこうした法の歴史は、法の主体が市民にあり、政治は市民の契約に基づいておこなわれるものという前提で、それがマグナカルタから人権宣言にいたる市民革命の成果として成文化されることになったものである。新藤や市村らの語録を見ていると、こうした憲法の原理を否定しながら、王権や君主の権利をいかに拡大するかということが、「日本」だとか「日本人」という接頭詞をつけさえすれば、憲法論として成り立つと考えているようである。市村は、七十五歳だという。彼はさきの大戦がこの国の敗戦によって終結したとき、二十歳であったはずである。

『実朝考——ホモ・レリギオーズスの文学』で中野孝次は、実朝の、

山は裂け海はあせなむ世なりとも
君に二心わがあらめやも

を引いて、この歌が戦中、「『君』にわが命を捧げて悔いない『臣民』の心情を歌ったものとして賛美されていた」ことに触れ「……だが、『君』とはいったいなんだったか。物心ついて以来ぼくらの日常のどこをでも支配していたその実体を、ぼくはついぞ見たことがなかった。その意味を知ることも問うことも禁じられていた。ただ子供心にもそれが絶対的な

なにかであることだけは、いたるところにいるその脅迫的な代弁者の権威によってわかった。校庭の一隅の神殿ふうの御真影奉安所として、それはすでに小学生のときからぼくらを脅かしていたし、後には軍需工場で督促するピカピカの長靴の男たちを代弁者として露骨にぼくらを支配した。『君』はあとになるほど直接ぼくらの生命への関与を強め、ついには不定の未来にぼくらの生の中断を命じる本当に恐るべきなにかとなった。ぼくは、初めに言ったとおり、死を不定の未来に覚悟して生きなければならなかったあの数年で、自分のすべての生を生ききってしまった気がするくらいだ。『君』が一片の赤紙で召集したぼくを殺さなかったのは、ほんのわずかの時間のずれのためにすぎない。八月十五日にぼくは、殺されるか自殺するかの、そのぎりぎりのところにいた。ともかくそういうのがぼくにとっての『君』だった。そして実朝の歌は、そのような禍をもたらす『君』への心情を表現したものとして歌われていたのだ。この歌のひびきの抗しがたい美しさにもかかわらず、ぼくがそれを故意に意識の埒外に置こうと努めてきたのは当然だろう」と述べている。

市村は、中野と同年である。市村もまた、『君』による彼の「生命への関与」のために、死を不定の未来に覚悟しつつ、ほんのわずかの時間のずれのために、今日の生があった一人であろう。まさにあの戦争は『君』による人民の生命への理不尽な関与によって遂行されたものであり、日本の人民・市民の総意と意思で主体的におこなわれたものでないことはあらためて言うまでもないことである。戦後のこの国の憲法は、日本の人民・市民のこうした歴史への反省と自覚に基づいてつくられたものである。

日本の人民・市民が自らの経て来た歴史を自覚し、その反省によって戦後の憲法をつくり上げたことは、この国の歴史にかつてなかったことである。市民革命を成就し、それまでの歴史を否定的に継承してきた西欧の人民・市民が作り上げた憲法と比較すれば、その理念・実質において、法体系そのものにおいて多くの不備不足は否めないにしても、歴史上はじめて自らの歴史を自覚的に受け止め、あらたな法体系を作り上げたことに今日に生きる私たちは大きな自負と確信をもつべきであろう。

前出十一月十六日付の紙面で、イタリア・憲法裁判所のジョバンニマリア裁判官が、「これまでの半世紀のさまざまな憲法判断を通じて、ファシズムの法体系を百八十度転換させる仕事が終わった。今後の半世紀は、国の各機関や国と州との権限調整を中心とした役割を果たすことになる」と言っていたのが、強い印象として残る。この裁判官の意識のうちにあるのは、憲法という法体系の原理的意味——つまり市民の権利擁護——を確かに踏まえたうえでの、そのいっそうの発展ということであろう。

憲法が人民・市民の権利擁護という原理をうしなってしまったなら、それはもはや憲法ではない。

君主や天皇の権限の拡大とか、人民・市民の基本的人権の制限とか、「一億総火の玉精神」、「君主制の国」をつくるための憲法というのは、表現矛盾も極まる代物である。こういう主張は、憲法改正ではなく、憲法の形骸化や廃止を目論むものというべきであろう。憲法は、特権的政治支配者の独占的恣意的支配力を限りなく制限し、人民・市民の権利を限りなく拡大し擁護するためにこそ存在の意義があるものである。

政治的主権が人民・市民にあることを宣言した戦後憲法ができて半世紀が経過した今日でも、なおかつての君主・天皇を頂点とした「一億総火の玉」とか「誇るべき君主制の国」などという時代錯誤が公然とこの国の国会やメディアに登場する。こういう不思議は、やはりかつてのこの国の、天皇を唯一の主権者とし、彼を絶対不可侵な神になぞらえていた時代の古色蒼然たる価値観に代わる、新たな民主主義的な価値観が、人民・市民の手で確かに創りだされていないことを物語るものであろう。やや甘く見ても、前近代的な価値観が完全には払拭されず、新たな現代的価値観が創造途上にあり、相互に相剋状態にあるということなのであろう。日本は「神の国」などと言いながら、「ＩＴ革命」をわけ知り顔で頻りに連発している現今の首相の在りようは、この国の古い価値観と新たに創りだされようとしている民主的価値観の相剋しているこの国の現状の縮図の一面でもあろう。

米国の歴史家・ハーバード・ビックスが『Hirohito and the Making of Modern Japan』（裕仁と近代日本の形成）という著書を今年八月に刊行し、近く日本でも刊行が予定されているという（十一月八日付『朝日』）。彼は「国体」というイデオロギーを近代化のてことした日本政治史の根本的ジレンマの象徴としての天皇裕仁を追及し、戦争犯罪をはじめとする元首の刑事免責がもたらした結果として、歴史的記録の歪曲や天皇の役割の隠匿が行われたことを指摘しつつ、日本人のなかでこの半世紀に真実の歴史の把握に努力してきた人々のいることを欧米の読者に伝えたい、と刊行の意図を語っているという。こうした内外の歴史研究者たちの研鑽の集積は、この国の新たな民主主義的価値観の創造に大きく寄与するであろう。私たち人民・市民も、それぞれの具体的な生の在りようを着実に見据え直すことをとおして、二十一世紀では確かな歴史意識を自覚的に獲得し、民主主義的な価値観・倫理観の創造をめざしたいものである。

深夜妄語——33

〈2001年2月〉


先日、東京・池袋の東武美術館へ「トゥールーズ——ロートレック」展を観にいった。今年はこの画家の没後百年にあたる。

数年前にフランス西南部を旅行した際に、筆者がぜひ立ち寄ってみたいと思っていた場所のひとつが、いまではフランスの航空産業の中心地になっているトゥールーズ市のすぐ近くの、アルビという小さな町にあるロートレック美術館であった。

『美しきもの見し人は』のなかの「アルビにて　陸上軍艦とロオトレック」で堀田善衛は、「アルビのロオトレック美術館は、先に言った陸上軍艦の、人間を警戒視しかしなかった艦長邸、つまりはあの厭な司祭館であるラ・ベルビー宮殿のなかにある」と書いていた。

実際にこの元「艦長邸」・「司祭館」に立ち入ってみると、たしかに宮殿であるよりは実用一点張りの武骨で、冷え冷えとした建物といった趣である。このような武骨な建物のなかに、パリはモンマルトルの活気と退廃が交錯する猥雑な盛り場にうごめく酔客、娼婦やおちぶれた女優などを精力的に描いていたロートレックの作品が陳列されているのは、いささか場違いな感をもよおさせずにはおかないものがあった。

陸上軍艦、本来の名はサン・セシール寺院である。『美しきもの見し人は』のなかの堀田によれば、このサン・セシール寺院は、十二世紀にこのアルビでおおいに教勢をふるっていた、ローマ・カトリックからみての異端カタール派を征伐するための十字軍の拠点として建てられたものであった。この異端征伐によって数百万人が虐殺されたといわれている。十字軍に追い詰められたカタール派の信者のなかには、集団的に焼身自殺をするものも多くいたということである。「この異端殉教者の血の上に、この敵意にみちて住民に歯をむき出している刑務所のような陸上軍艦が、一二八二年の八月から建造が開始され、一四八〇年の四月に竣工を見たものであった。そうして竣工以前にも竣工後にも、ここは怖るべき異端糾問裁判所としても使用されたものである。この建物に隣接しているラ・ベルビー宮殿と呼ばれる司祭館には、異端糾問の親玉が住んでいたのであった。タルン川にのぞんで美しい庭園をもつこの宮殿もまた、陰謀者や暗殺者に対する警戒のみをむねとし、外から見ると背筋に寒いものの走る、実に厭な建物となった。人民の方は《CONSOMMATUMEST》すべて消耗しつくしぬ、になってしまった」と言って堀田は、「これほどにも醜く、これほどにも住民、すなわち人間に対して敵意をむき出しにした建築というものは、どこの世界にもあまりあるものではなかろう。それは胃にどすんとこたえるほどの、厭なものであった」と感懐を述べていた。

このサン・セシール寺院は堀田のいうように、まことにイカツイとしか言い様のない、聖堂というものが一般に見せている神秘性とか優美さなどといったものとは無縁な代物である。筆者は夕方になって、タルン川に架かる橋の周辺を散歩しながら、このサン・セシール寺院の夕闇に浮かぶシルエットを望見したが、たしかに陸上軍艦、あるいは要塞といった表現がぴったりする姿が、周囲の河畔の優美な風景とは際立っていたことに強い印象を受けたものであった。他の聖堂が、ステンドグラスにあたる外光を巧みに取り入れて、独特な宗教的雰囲気を醸し出すことに腐心しているのに比べて、このサン・セシール寺院の内部は狭い窓のせいで、巨大な堂内全体が薄暗く陰気な冷え冷えとした感があり、威圧感に満ちていた。

「西洋の古い由緒ある寺のすべてがよいものでも美しいものでもないことは言うまでもないとして、何が醜であるかを知ることもまた無駄ではなかろうと思う。人間の争闘が、どういうふうであるときに、醜としての存在をあらわにするか、逆に人間の争闘あるいは人間そのものが、どういうふうであるときに、それは美でありうるか、そういう根本的なことを考えるについて、このお寺と、それからこの町に育った、まことに容貌姿態ともに怪にして醜なる一人の画家の仕事は、大いなる資になるものと思われるのである」と、ロートレックとこの町の歴史の対比について堀田は述べていた。

アンリ・マリー・レイモン・ド・トゥールーズ・ロートレック・モンファというのが、この貴族出身の画家のフルネームだそうである。彼の父も貴族らしくなく、パリの悪所に出入りしてその時の様子を息子に描かせたりしていたという型破りの人物だったらしい。子供の頃に二度にわたる不慮の事故で両脚を骨折したために短躯でグロテスクな身体になった彼は、いろいろな意味で感受性の強い性格を身につけていたようである。画家修行のはじめはアカデミックなデッサンなどを勉強していたが、ほどなく印象派のマネやゴーギャン、あるいはゴッホなどにも共感し、さらにジャポニズム・浮世絵にも強い関心を示すなど、彼の美的芸術的遍歴は多岐にわたっていたようである。カフェや娼家、サーカスやムーランルージュなどが蝟集するモンマルトル、当時のパリの新開地で生きる娼婦や踊り子、酔客の姿態をとおして彼、彼女たちの心象に深く別け入って、折からの資本主義的退廃の渦に巻き込まれた男女の人間性の極限にある美を引き出すように描いたロートレックの芸術は、彼の生まれたアルビのかつての血なまぐさい異端糾問の歴史とあわせて、たしかに美と醜をめぐる人間の根本的な問題を考えるうえで、多くの示唆をもたらすものになっている。

『美しきもの見し人は』のなかで堀田が絶賛していた「接吻」は、この本のグラビアには収録されているのだが、今度の展示には含まれていなかったのが残念である。堀田がこの「接吻」について述べていることとグラビアを参考にして想像してみるしかない。

「この絵は、彼（ロートレック・筆者）がモンマルトルの女郎屋に何日も入りびたりになって暮していたときの作であり、見られるようにこれはレスビアンの図である。毎日十人を越えるかもしれぬ男どもを相手にする女郎というものが、女同士でしか愛の行為が出来なくなることはしばしばあることであるが、その直接の行為が、下になった女に見られるような、かくまでの陶酔と、上になった女の悲劇的なまでの専念と集中に於て描き出されたことは、絵画の歴史のなかでも稀なことであろう。性行為というものの美しさがかくまでのところまで昇華した例というものも、芸術全体の歴史のなかでも稀であろうと思われる。しかもこれが、醜業婦同士の同性愛と来ているのである。彼はこのテの作品を四つほど描いているのであるが、なかでこの作品は、ある種の崇高さと言ってよいほどのところにまで達していると思う。この絵の美と、アルビのお寺の醜とをあわせ考えるなどという不遜な行為は、異教徒にだけ許されることかもしれない」と言い、さらに「この醜業婦同士の悲劇的な接吻図は、これをよくよく見込めば、そこにあるものが人間蔑視などではまったくなくて、性というものに対する、ほとんど蔑視ぎりぎりの極限にまで達した祝福であることが危うく感得される筈である。まことに怖ろしいほどに危険なところまでを描き切ったものである」と堀田はこの作品に魅せられた感懐を述べていた。

今度の展示作品のなかにある「二人の女友だち」は、二人の娼婦のうちの一人があたかも男が女性に言い寄るようなポーズで、もう一人の娼婦の髪の毛に唇を近づけ、腕で抱き寄せている構図である。また「休息する女たち」は、手前に描かれた下着の紐をしどけなくずり下げてしゃがみこんでいる女と、その後方に裸の背中を見せて横たわる女が描かれている。いずれも娼婦たちが客の相手から解き放されて、素顔の自身に立ち戻っているときの表情を描いているものである。自身そのものに立ち戻った彼女たちは、美々しく飾りたてたり意図的な笑みを浮かべた「美しさ」とは無縁な表情、そうしたものを脱ぎ捨てた粗雑な姿態のうちに、疲労と空虚さを漂わせている。歓楽と退廃、虚栄と妄想、愛と不信、猜疑と狡猾などが入り乱れる人間世界の坩堝からいっときの退避をすることで見られる人間の心象の深淵が鋭くとらえられた作品である。「娼家の洗濯屋」は、届けられた洗濯物を事務的に点検している娼婦と、洗濯物を届けに来た男の洗濯屋が衣服の下の娼婦の体を探るように睨めまわしている構図。娼婦と娼家に通う男の欲望の在りようを如実に描き出しているものでもあり、それは同時に、当時の資本主義の急速な展開と欲望の野放図な跋扈に巻き込まれていく人間の心象が投映されたものと見ることもできよう。

ロートレックの一家について堀田は、「一家はまことに豊かであったらしく、この家の人々は如何なる意味でも働いた形跡などはまったくないようである。騎馬、狩猟、鷹狩りなどが大好きで、また一家そろって絵を描くことも好きだった」と言っている。実際、ロートレックのスケッチや銅版画などには馬や騎乗した人物、狩猟の様子を描いたものが多く残されている。

ロートレックがモンマルトルの娼家に入り浸り、そこを仕事場にすることにしたとき、「私は遊び人暮らしで日を送っています。けれどもこの環境になれることがなかなかできません。実際このモンマルトル界隈で気楽にしていられない理由の一つは、とかく人々が感傷的なもので私を包もうとすることなのです。もし私が何かをなしとげようとするとして、これだけはふっきってしまわなければなりません」という手紙を彼は、祖母に書き送ったと堀田は書いている。

この貴族出身の画家は、新興の資本主義の下での欲望と退廃が渦を巻く巷で、その渦に翻弄される人々の在りようを、それとは別の仕組みによって生み出される資産に支えられて、冷静に透徹した視線で観察し、当時の人間と生の実態を鋭く描きだしていたのである。

筆者はロートレックを観るたびに、中世の凄惨な異端糾問の地に生れた醜怪な風貌の画家が、近代の欲望と退廃の極点に生きる男女の姿態から、人間的な美を発見していく成行きに、歴史や人間の計り難い深淵の在りようをみる思いに駆られる。アルビやカオールなどのフランス西南部の町や教会が、ピレネーの山越えを経由する中世以来のサンチィアゴ・デ・コンポスティーラへの巡礼の道としての風情を色濃く残していることも、そうした思いをいっそう募らせてくれるのである。

本書について

ここに収めたのは、上原真さんが『葦牙ジャーナル』第一号から第三二号まで連載した「深夜妄語」〈5〉から〈33〉までの二九編です。連載は、第四号・第二六号・第二九号を除いて、一九九五年十一月から二〇〇一年二月の五年三か月におよびました。

なぜ〈1〉からではなく〈5〉からはじまっているのか、いぶかしく思われたことでしょう。一九九五年当時、「葦牙」の会と改称する前の「葦牙編集同人」は、それまで『葦牙』の読者との交流のために不定期に発行されていた新聞型の「葦牙通信」を、隔月定期三二ページの冊子にして発行することにし、『葦牙ジャーナル』が誕生したのです。すでに「深夜妄語」の連載は開始されており、〈1〉から〈4〉は「葦牙通信」に掲載されていたのでした。単行本にまとめようとしたときには、それらはどこにも残っていませんでした。上原さんの手許にも原稿さえ残っていなかったのです。探しあぐねて途方に暮れましたが、上原さんの「〈5〉からでいいじゃないか」というひとことで、〈1〉から〈4〉の収録はあきらめ、〈5〉からはじめることになったのです。

『深夜妄語』というタイトルは、上原さんが、加藤周一氏の『夕陽妄語』をもじってつけたものです。いわく、「夕陽が沈んだあとのさらにそのあと、暗い夜のなかで、もぞもぞと書くんだよ」

「夕陽の光彩には及ぶべくもないが、妄語という点では引けはとらないだろう」。

ひと昔からひと昔半も前に書かれた「深夜妄語」ですが、読み直してみれば、上原さんが取りあげた問題が少しも古びてはいないことに気づかされます。それぞれ姿や趣が変わって見えても、その本質を見すえれば、現在も鋭い問いかけとなって響いてくることに、あらためて驚かされます。

上原さんは、妄語という言葉にふさわしく、といってもよいほど、縦横無尽な広がりで執筆していますが、そのそれぞれが、上原さんが最後まで立ち向かっていた営みに連なっています。また、上原さんの文学への思いやこだわりがそこかしこに潜んでもいます。

「深夜妄語」の執筆を終えた後も、そうした不抜の営為を、上原さんは、しぶとく最後まであきらめることはありませんでした。それなのに、ふだんの上原さんは、悠揚寛寛としていて、そうしたことは露ほども感じさせませんでした。

上原さんが逝ってしまってから、七ヵ月が経とうとしています。

本来なら、このページは、「あとがき」として、上原さんご自身に書いていただくはずでした。残念ながら、それはかないませんでした。

その代わりになれるはずはありませんが、些細なことにはこだわらない上原さんのことですから、「しょうがないねえ。あんたが書いてくれりゃいいよ」と言って、許してくださるでしょう。

松坂　尚美

上原　真（うえはら　しん）

1930年２月７日　東京生まれ。「葦牙《あしかび》」の会編集会員。評論家。
2009年12月22日　逝去。

〔著　書〕
『堀田善衛論――その文学と思想』（共著）　2001年、同時代社

深夜妄語

2010年７月30日　初版１刷発行
©

著　者　上原　真
発　行　いりす
〒113-0033 東京都文京区本郷１－１－１－202
TEL 03-5684-3808　FAX 03-5684-3809

発　売　株式会社同時代社
〒101-0065 東京都千代田区西神田２－７－６
TEL 03-3261-3149　FAX 03-3261-3237

印刷・製本　モリモト印刷株式会社

定価はカバーに表示してあります。落丁・乱丁はおとりかえいたします。
ISBN978-4-88683-680-9